LOS PÁJAROS NUNCA MIRAN ATRÁS MIENTRAS VUELAN

SHIVA RYU

LOS PÁJAROS NUNCA MIRAN ATRÁS MIENTRAS VUELAN

La libertad que proviene del desapego

Traducción de Lara Cortés

Historias

Diana

Obra editada en colaboración con Editorial Planeta – España

Título original: 새는 날아가면서 뒤돌아보지 않는다 *(The Birds Don't Look Back While Flying)*

© 2017, 류시화 (Shiva Ryu)
Publicado por acuerdo con The Forest Book Publishing a través de BC Agency, Seoul y A.C.E.R. Agencia Literaria, Madrid.

© de la traducción del alemán, Lara Cortés, 2025
© 2021 Scorpio Verlag in Europa Verlage GmbH, München
Maquetación: Realización Planeta

© 2025, Editorial Planeta, S.A. – Barcelona, España

Derechos reservados

© 2025, Editorial Planeta Mexicana, S.A. de C.V.
Bajo el sello editorial DIANA M.R.
Avenida Presidente Masarik núm. 111,
Piso 2, Polanco V Sección, Miguel Hidalgo
C.P. 11560, Ciudad de México
www.planetadelibros.com.mx

Primera edición impresa en España: febrero de 2025
ISBN: 978-84-1119-216-3

Primera edición impresa en México: abril de 2025
ISBN: 978-607-39-2672-0

No se permite la reproducción total o parcial de este libro ni su incorporación a un sistema informático, ni su transmisión en cualquier forma o por cualquier medio, sea este electrónico, mecánico, por fotocopia, por grabación u otros métodos, sin el permiso previo y por escrito de los titulares del *copyright*.

Queda expresamente prohibida la utilización o reproducción de este libro o de cualquiera de sus partes con el propósito de entrenar o alimentar sistemas o tecnologías de Inteligencia Artificial (IA).

La infracción de los derechos mencionados puede ser constitutiva de delito contra la propiedad intelectual (Arts. 229 y siguientes de la Ley Federal del Derecho de Autor y Arts. 424 y siguientes del Código Penal Federal).

Si necesita fotocopiar o escanear algún fragmento de esta obra diríjase al CeMPro (Centro Mexicano de Protección y Fomento de los Derechos de Autor, http://www.cempro.org.mx).

Impreso en los talleres de Litográfica Ingramex, S.A. de C.V.
Centeno núm. 162-1, colonia Granjas Esmeralda, Ciudad de México
Impreso en México – *Printed in Mexico*

ÍNDICE

Yo hago preguntas y la vida responde 11
Querencia 13
Una mosca en la taza 21
¿Por qué grita la gente cuando se enoja? 27
Una última sonrisa 31
La historia de Jim Corbett 35
¿Quién soy yo? 41
El camino del corazón 45
La flor azul 51
El momento adecuado es ahora 55
Sobre el asombro 61
Del valor de los encuentros sin nombre 67
Quien ama no pasa de largo descuidadamente 73
Nunca estamos solos en nuestro viaje 77
El largo camino hacia ti 83
En busca de una visión 89
¿Qué pasaría si no pudiéramos reír? 95
Mi canción personal 101
¿Qué es la belleza? 105

Ningún lugar revela inmediatamente su verdadero
   rostro 109
¿Cuándo fue la última vez que bailaste? 115
La imaginación es una cuentista 119
En el fondo, todos somos iguales 125
Te miro a la cara 129
El sanador herido 135
Sobre el hiriente poder de las segundas flechas 143
Madre ballena 149
Errores de transcripción 153
Ante la muerte 159
El jefe No lo Hago Bien 165
¿Ves las estrellas? 169
Herir y ser herido 177
El monje y el escorpión 183
Pequeños gestos con grandes consecuencias 187
El dolor pasa, la belleza permanece 191
Círculo terapéutico 197
¿Qué me asombró hoy? 203
¿Y tú, qué hoja estás pintando? 207
Los pájaros nunca miran atrás mientras vuelan 215
¿Qué estás pensando ahora? 221
El banquete más exquisito 227
Mumyeong, el Sin Nombre 233
No dejes para mañana lo que puedas hacer hoy 239
El pulpo habla 243
Contando pollos 247
Es en la oscuridad donde los ojos aprenden a ver 253
El diamante agrietado 257
Sobre críticos, vacas y cerdos 263
Regalos inesperados 269
Más que un dato estadístico 275

El hombre que dibuja el Himalaya 281
Ítaca 287

Fuentes 297

Todos tenemos un impulso interior que nos empuja a regenerarnos y renacer y que nos ayuda a activar una serie de fuerzas que cambian nuestra esencia, desde dentro hacia fuera. Instintivamente, en ese momento buscamos un lugar en el que recuperarnos. No permitimos que la vida nos hunda, sino que nos mostramos dispuestos a curarnos y a completarnos.

YO HAGO PREGUNTAS
Y LA VIDA RESPONDE

En mi juventud me hacía muchas preguntas. Me interrogaba sobre la verdad y la iluminación, sobre la felicidad y el sentido de la vida y también sobre quién era yo. Hoy sé que la vida nos va dando sus respuestas poco a poco. Se trata de un proceso que se extiende durante años, pero por aquel entonces yo no lo sabía. Aún no había comprendido que solo es posible descifrar los enigmas de la vida a través de la experiencia. Recorrí multitud de países y leí infinidad de libros, siempre en busca de guías y maestros, pero fue la propia vida la que me proporcionó el conocimiento. Creemos que hacemos un viaje cuando, en realidad, es el viaje el que nos «hace» a nosotros, el que nos da forma.

No hay ningún poeta que sea igual a los demás ni ningún escritor que pueda sustituir a otro. Ningún poema nuevo ha existido nunca antes, ningún libro nuevo estaba ahí en el pasado. No importa que redactemos los textos o que nos limitemos a leerlos: vivir significa escribir nuestra propia historia. No se trata de cumplir las expectativas o los proyectos de los demás, sino de encontrar nuestras propias respuestas. ¿Qué te gustaría narrar si algún día alguien te pregunta cómo ha sido tu vida? ¿Estarías dispuesto a hacerlo aun cuando hubieras sufrido una pérdida insoportable, aun cuando hubieras pasado por un doloroso purgatorio? ¿Podrías seguir escribiéndole cartas a tu vida aun cuando ella te ignorara?

Las historias que reuní en este libro contienen algunas de las respuestas que me ha dado la vida. El poeta indio Ghalib escribió en cierta ocasión: «En mis poemas broto plenamente».* Sin embargo, ningún texto puede plasmar nuestro yo por completo. De hecho, ¡espero ser algo más que la mera suma de los textos que he escrito! Y, aunque en estos tiempos inciertos lo que voy a compartir ahora contigo no consiga aportarte consuelo ni fuerza, siempre estaré encantado de conversar contigo acerca de la vida.

Shiva Ryu

* Salvo que se indique lo contrario, las traducciones de los fragmentos citados en este libro son de elaboración propia. *(N. de la T.).*

QUERENCIA

En busca de la autosanación

En las corridas, los toros eligen una zona del ruedo delimitada por fronteras invisibles. Allí se sienten seguros y fuertes. Cada vez que, durante el duelo en el que se enfrentan al matador, los invade el agotamiento, acuden a ella para recobrar el aliento y recuperar fuerzas antes de volver al ataque. En ese lugar nada los asusta. A esa zona se le conoce como *querencia*:* un espacio de refugio, un oasis de calma.

La palabra *querencia* también designa, fuera del contexto de la plaza de toros, un escenario de sanación en el que nos sentimos seguros frente a los peligros del mundo. Acudimos a él para regenerarnos cuando estamos fatigados, exhaustos, y allí tenemos la impresión de estar más cerca de nosotros mismos que en ningún otro lugar. La querencia es un claro escondido en medio del bosque en el que pastan plácidamente las gamuzas y las cabras monteses, un risco inaccesible en el que anidan las águilas, el envés de una hoja en el que los insectos se resguardan de la lluvia o un pasaje subterráneo que proporcio-

* En castellano en el original. *(N. de la T.)*.

na abrigo a un topo: un pequeño hueco de seguridad y de paz en el que nadie más puede entrar.

Si lo trasladamos al terreno de la meditación, podríamos decir que la querencia es el rincón sagrado que habita en nuestro interior. Cuando meditamos, partimos en busca de él.

En cierta etapa de mi vida residí en un departamento compartido, donde recibíamos a diario la visita de diez o más personas. A menudo, las que venían de provincias se quedaban varios días con nosotros. El departamento siempre estaba abarrotado de gente y todo el que llegaba traía su pequeña maleta, viniera de donde viniera. Por suerte, en la parte trasera de la vivienda había una pequeña sala a la que no tenían acceso los extraños. En mi caso, aquella habitación se convirtió en un importante refugio. Solo me pertenecía a mí: era mi querencia. El mero hecho de permanecer allí sentado durante una o dos horas me proporcionaba la energía necesaria para hablar después con todas aquellas personas. Sin duda, de no haber contado con aquel oasis de silencio, todo ese barullo habría acabado volviéndome loco y me habría dejado físicamente exhausto.

Muchos de los guías espirituales y profesores de meditación que he conocido a lo largo de mi vida reciben a diario a multitud de personas que quieren aprender de ellos. Por eso, de cuando en cuando se retiran a un lugar completamente apartado para generar nueva energía con la que convertirse en mejores maestros. Si no lo hicieran, su fuente interior se agotaría.

A lo largo de mi vida he pasado por varias situaciones difíciles. Si no hubiera aprendido a superar esos momentos mediante una respiración controlada y regular, seguramente en más de una ocasión mis emociones negativas me habrían desbordado o me habrían empujado a reaccionar de una forma extrema. En los periodos críticos, encontré mi querencia en los viajes: tan pronto como llegaba a mi destino, sentía que todo el peso de los problemas desaparecía. De repente, volvía a ser plenamente yo y recuperaba mi equilibrio anímico. Pasado un tiempo, estaba ya en condiciones de regresar a casa, con mi motivación revivificada.

Los animales comprenden de manera instintiva qué significa la querencia. Las serpientes y las ranas reconocen a través de su temperatura corporal cuándo es el momento de hibernar, y, tan pronto como llega la hora de partir, las mariposas monarca y las grullas no solo saben hacia dónde deben emprender el vuelo, sino también dónde pueden descansar a lo largo de su ruta. Siguen una llamada genéticamente programada para garantizar su propia supervivencia. Sin estas pausas, su fuente de vida se agotaría. También los seres humanos sabemos cuándo debemos interrumpir nuestro trabajo y hacer una pausa. Si escuchamos a nuestro cuerpo, él nos lo indicará. En esos momentos necesitamos una querencia, un espacio en el que descansar y reponer fuerzas para volver a lanzarnos después a la vida.

Pero la querencia no es solo un lugar. Imaginemos que estamos plenamente concentrados en la tarea de elegir la madera más adecuada para fabricar un escritorio o una librería. En instantes como ese, las preocupaciones del día a día pasan a un segundo plano y nos cargamos de nueva energía. La querencia es un tiempo para autopurificarnos, un espacio que amamos, un momento en el que nos dedicamos a aquello que hace latir a nuestro corazón, un encuentro con un ser querido: todos estos elementos funcionan en nuestra vida como una querencia. El tiempo en el que nos retiramos del ruido cotidiano y practicamos el recogimiento, en el que oramos y meditamos; las veladas en las que, tras una larga jornada de trabajo, escuchamos música relajante o prestamos atención a los sonidos de los insectos; los momentos en los que nos apartamos de todo y descubrimos en nuestro interior un mundo propio, un espacio particular de refugio: todo eso es la querencia. Sin esa pausa, sin ese instante en el que recobramos el aliento, nuestras energías se agotan y nuestra mente enferma.

La ubicación exacta de la querencia dentro del ruedo no está fijada de antemano: durante la corrida, el toro va tanteando poco a poco cuál es el lugar más seguro para hacer una pausa. Si quiere ganar el duelo, el torero tendrá que intuir dónde se encuentra ese espacio e impedir que su enemigo acuda a él. «El toro [...] cuando está en su querencia es incomparablemente más peligroso que en cualquier otro momento y casi imposible de matar»,* escribió Hemingway, que asistió a cientos de corridas para entender en profundidad lo que ocurría en ellas.

A menudo, la vida nos reta y nos asusta. Una y otra vez nos vemos envueltos en situaciones que escapan a nuestro control y nos sentimos presionados e indefensos, igual que un toro arrinconado. Cuando esto ocurre, lo mejor es que nos retiremos a nuestro reino interior, respiremos conscientemente, calmemos nuestra mente y recobremos nuestra fuerza. A través de la respiración consciente, saldremos del caos emocional y recuperaremos la serenidad.

* El fragmento entrecomillado se extrajo de la traducción de Lola de Aguado de la obra de Ernest Hemingway *Muerte en la tarde*, Debolsillo, edición digital, 2020, ubicación 2381. *(N. de la T.)*.

Practicar senderismo en el Himalaya, pasar una temporada con un pueblo nómada en la alta montaña, vivir con una familia de granjeros en una recóndita aldea, navegar por el Ganges en una pequeña embarcación mientras contemplo, absorto en mis pensamientos, el cielo azul, apostar con un monje mendicante (cuyos dientes incisivos estaban destrozados) que no sería capaz de morder una manzana, hacerse el gracioso como un niño... Sin este tipo de pausas para el alma, mi salud se habría resentido. Alguien me dijo en cierta ocasión que la vida es como una partitura en la que nadie ha anotado los signos para los silencios. Somos los directores de orquesta de nuestras vidas y nos corresponde a nosotros introducir pausas allí donde las necesitemos.

La querencia también es el lugar en el que nos comportamos de la forma más sincera. Allí donde tengamos siempre la posibilidad de ser realmente nosotros mismos, donde podamos dejar de luchar y encontremos la paz interior, en ese lugar, sea cual sea, estará nuestra querencia. Así es precisamente como Dios creó inicialmente este mundo: como un espacio en el que el yo aún no había sido dañado, como un manantial de espiritualidad y vitalidad en el que vivir en armonía con el planeta y la naturaleza, tal y como recogen las tradiciones de los pueblos indígenas. Somos nosotros quienes convertimos ese mundo en un ruedo.

Para mí, el proceso de escritura de este libro ha sido un valioso tiempo de querencia. El sacerdote y monje trapense Thomas Merton sostenía que todos disponemos de un impulso interior que nos empuja a regenerarnos y renacer. Nos ayuda a activar fuerzas que cambian nuestra esencia, desde dentro hacia fuera. Instintivamente, en ese momento buscamos un lugar en el que recuperarnos. No permitimos que la vida nos hunda, sino que nos mostramos dispuestos a curarnos y a completarnos.

¿Cuál es tu propia querencia? ¿Pasear los domingos, sentarte en una playa y contemplar la puesta de sol, emprender viajes a lugares desconocidos, descubrir nuevos territorios y personas? Para algunos, la querencia tal vez consista en las horas de ocio en las que escuchan música, contemplan cuadros o leen libros; en el tiempo en el que hacen aquello que les divierte, en el que se dejan llevar por la alegría de vivir y sueñan... Todo eso puede ser querencia. También forman parte de este universo actividades sencillas, como copiar textos —ya sea en prosa o en verso— empleando pluma y tinta o leer en voz alta.

Cuando me es imposible realizar largos viajes, me concedo un par de días para escaparme a la isla de Jeju y practicar senderismo en sus montañas o pasear por el bosque Saryeoni. Cada vez que estoy allí, me fundo con la tierra, la luz del sol y el viento. Es como un manantial sagrado que me aporta fuerza. Mis pies se convierten en alas. No hay nada más sanador que el tiempo en el que nos enraizamos en la tierra y nos volvemos uno con la naturaleza. En esos momentos captamos el significado de estas palabras del *Ashtavakra Gita*, un antiguo texto sagrado de la India: «Deja que las olas de la vida asciendan y desciendan. No tienes nada que perder ni que ganar porque tú mismo eres el mar».

Cuando perdemos algo valioso en la vida, cuando el día a día nos llena de tedio y el mundo a nuestro alrededor nos parece monótono y gris, cuando las personas a las que amamos nos rompen el corazón o cuando nos sentimos mentalmente agotados y olvidamos quiénes somos realmente, ha llegado el momento de buscar nuestra querencia y tomarnos el tiempo que nuestra alma necesita para sanar; un tiempo para permanecer en soledad, sin que el mundo nos moleste. De ese modo recuperaremos nuestra fuerza.

¿Cómo encontrar tu propia querencia? ¿En qué lugar te sientes más fuerte y puedes ser plenamente tú? Antes de mirar a lo lejos, ¡dirige tus ojos hacia ti mismo! Disponer de una querencia propia y totalmente personal significa contar con un oasis seguro que nos deja espacio para amar la vida.

UNA MOSCA EN LA TAZA

Cuando el mundo sufre, yo sufro con él

Una de las cosas que más difíciles me resultaron en mi primer viaje a la India y Nepal fue tener que compartir mi espacio vital con todo tipo de bichos. No solo había mochileros que, como yo, recorrían en masa estos países para alcanzar la iluminación: allá donde iba me encontraba con moscas, pulgas, chinches, ciempiés y lagartijas. En esos territorios, muy pocos de estos pequeños animales son tan amables con el ser humano como lo son en nuestras latitudes. Una y otra vez me sorprendía la cantidad de mosquitos que puede albergar un centro de meditación. Su lugar favorito era mi frente, donde se reunían en bandadas para meditar intensamente juntos. Mientras me rascaba las ronchas rojas que iban apareciendo sobre mis cejas, bromeaba diciendo que aquellos bichos parecían haber llegado al nirvana antes que yo, porque habían perdido todo miedo a la muerte. Aquellos pelmazos tampoco vacilaban en reclamar para sí mi bolsa de dormir, mi té y hasta mi arroz frito, un día sí y otro también.

La activista medioambiental y experta en ecología profunda Joanna Macy pasó un tiempo en el norte de la India, a los pies del Himalaya, trabajando como voluntaria de la agencia estadounidense de cooperación Cuerpo de Paz para la comunidad de refugiados de la zona. Allí puso en marcha, entre otras iniciativas, una cooperativa para ayudar a la población a fabricar y comercializar joyas tradicionales tibetanas con las que obtener algunos ingresos. Una tarde en la que estaba hablando con unos monjes tibetanos aterrizó en su taza una mosca.

Evidentemente, ella no iba a hacer un drama por aquello. Hacía ya más de un año que vivía en la India y, en el fondo, se sentía orgullosa de no asustarse demasiado de los gusanos y de los insectos: hormigas en el azucarero, arañas en los roperos y hasta crías de escorpión dentro de sus zapatos cada mañana... Pero ¿a quién podría molestarle aquello? Eso sí, cuando descubrió la mosca en su taza, frunció ligeramente el ceño, asqueada.

El monje Choegyal Rinpoche se percató de su gesto y le preguntó si había algún problema. Joanna sonrió para dejar claro desde el principio que no pensaba darle mayor importancia a lo ocurrido. «Nada, simplemente una mosca en mi taza», explicó. De ningún modo quería dar la impresión de que un pequeño insecto podía molestarla.

Preocupado, Choegyal Rinpoche murmuró: «¡Oh! ¡Cayó una mosca en la taza!».

Joanna volvió a sonreír para tranquilizarlo. «No tiene importancia, de verdad», insistió. Había viajado mucho por todo el mundo, explicó, tenía experiencia con las condiciones de vida en los países en vías de desarrollo y no estaba obsesionada con los conceptos modernos de higiene. En un gesto de generosidad, resolvió rápidamente el incidente. ¡No habría problema! «La sacaré y seguiré bebiendo mi té».

Inmediatamente, Choegyal Rinpoche se levantó de un brinco, se inclinó hacia ella, metió los dedos en su taza, pescó con sumo cuidado a la mosca y se la llevó fuera de aquella habitación. Los presentes retomaron la conversación y Joanna siguió intentando convencer a un monje de alto rango de las ventajas que tendría implantar en la zona un negocio de fabricación y venta de alfombras elaboradas con lana de animales de alta montaña.

Poco después, Choegyal Rinpoche regresó a la sala de las negociaciones. Con una sonrisa de oreja a oreja, le susurró: «¡La mosca se pondrá bien!». Le contó que la había depositado sobre una hoja de papel en la puerta y había esperado a que volviera a mover las alas. La mosca había salido ilesa y pronto podría emprender el vuelo. Así pues, Joanna no tenía que preocuparse por ella.

Macy relató esta anécdota en su libro *El mundo como amor, el mundo como uno mismo*, en el que confesó que, mientras que ella había interpretado la pregunta «¿hay algún problema?» exclusivamente desde su propia perspectiva, Choegyal Rinpoche había adoptado la perspectiva de la mosca. Una mirada hacia la expresión radiante de su rostro le bastó para darse cuenta de lo que había pasado por alto. Para la autora, el hecho de que una mosca hubiera aterrizado en la taza no suponía ningún problema, pero para el animal sí que lo era.

De repente, la noticia de que al insecto no le había pasado nada cobró más importancia a sus ojos que la idea de sacar adelante su idea de negocio y le reconfortó el corazón. Aunque estaba lejos de alcanzar el nivel espiritual del monje, aquel cambio de perspectiva le proporcionó una alegría indescriptible.

Solemos pensar que algo no es un problema, como si pudiéramos simplemente ignorar las dificultades de la vida. Sin embargo, si en lugar de centrar nuestra atención en nosotros mismos la dirigiéramos hacia los demás, a menudo veríamos las cosas de una forma muy distinta. Al fin y al cabo, adoptar una perspectiva absolutamente egocéntrica siempre es un problema.

En cambio, conseguir que nuestro pensamiento no gire en torno a nosotros, sino que abarque una comunidad más amplia en la que se incluyan todos los seres vivos —es decir, poner en primer plano a todo el planeta y no a la persona que somos—, demuestra que hemos alcanzado un alto grado de iluminación. Sin embargo, mientras continuemos considerándonos la medida de todas las cosas, seguiremos en la posición egocéntrica de una persona que solo se preocupa por su propia supervivencia y por sus propios intereses. Cada problema con el que nos encontramos hoy en día en este mundo tiene su origen en esa posición centrada en el yo.

Si logramos contemplar este planeta con los ojos de Choegyal Rinpoche, no nos conformaremos con comprobar si «estoy bien», sino que nos preguntaremos «¿también están bien los demás?», «¿también les va bien en la vida?», «¿también son felices?». Joanna Macy, de hecho, propone un ejercicio de meditación de la empatía que consiste en ponernos en el lugar de una orca y experimentar así cómo se siente un ser vivo que se enfrenta a la amenaza de la extinción. Con esta práctica, asegura, se producirá un despertar masivo de las conciencias.

Buda decía que no hay mayor virtud que la capacidad de sufrir con el dolor ajeno. Para mí, la espiritualidad consiste en reconocer que estamos unidos a todos los seres vivos y valorarlos del mismo modo en que nos valoramos a nosotros mismos;

comprender, en definitiva, que el problema de otro podría ser también el mío. Cuando el mundo sufre, necesariamente yo sufro con él. Gracias a enseñanzas como esta, Joanna Macy se ha labrado un prestigio internacional como filósofa espiritual y holística del medioambiente y la naturaleza.

¿POR QUÉ GRITA LA GENTE CUANDO SE ENOJA?

La distancia entre dos corazones

Un maestro budista se acercó al río junto con sus discípulos para darse un chapuzón. Cuando estaban caminando por la orilla, se cruzaron con un hombre y una mujer que, de repente, empezaron a gritarse con ira. Resulta que la mujer había perdido su collar mientras se bañaba y, cuando el hombre se lo reprochó, ella comenzó a insultarlo a gritos.

El maestro se detuvo y planteó la siguiente pregunta a sus discípulos: «¿Por qué grita la gente cuando se enoja?».

Tras reflexionar durante unos instantes, uno de ellos respondió: «¿Acaso no gritan porque pierden el control?».

Otro sugirió: «¿No se debe quizá a que la ira nubla su juicio?».

El maestro formuló otra pregunta: «Pero ¿por qué hablan tan alto si la otra persona está justo delante de ellos? Levantar la voz no les ayuda a hacerse entender mejor. ¿No podrían transmitir lo que quieren decir hablando bajo?». Entonces repitió su interrogante: «¿Por qué grita la gente cuando se enoja?».

Cada discípulo propuso diferentes motivos, pero ninguna de sus respuestas parecía ir al fondo del asunto.

Finalmente el maestro explicó: «Cuando las personas se enojan, tienen la impresión de estar terriblemente lejos del corazón del otro. Gritan para salvar esa distancia. Creen que solo podrán alcanzar a su interlocutor si alzan la voz. Cuanto más furiosas están, más gritan. Y cuanto más gritan, más se enfurece el otro y más crece la distancia entre ambos, así que alzan la voz más y más».

El maestro señaló hacia aquella pareja, cada vez más airada: «Si continúan así, sus corazones seguirán alejándose, hasta que al final cada uno de ellos habrá muerto para el otro. En ese caso, por más que vociferen, jamás alcanzarán el corazón muerto. Y entonces gritarán aún más alto».

A continuación, el maestro preguntó: «¿Qué ocurre cuando dos personas se enamoran?», y añadió: «Quien ama habla con una voz suave y serena. Eso ocurre porque los amantes sienten que la distancia que los separa es mínima, así que no tienen motivo alguno para gritarse. Cuanto más profundo sea su amor, más se reducirá la distancia entre sus corazones, hasta que llegue un momento en el que no necesitarán más palabras y sus almas serán una sola. En esa etapa, les bastará con mirarse. Ambos se entenderán sin palabras. Eso es lo que pasa con la ira y con el amor».

El maestro concluyó su lección con el siguiente consejo para sus discípulos: «No permitan que una discrepancia de opiniones los aleje del corazón del otro. No lo aparten levantándole la voz, por muy enojados que estén. Existe un límite preciso y, si lo sobrepasan, ya no les será posible recuperar la cercanía ni encontrar el camino de vuelta a la reconciliación».

Esta alegoría, que procede del maestro espiritual Meher Baba, ilustra lo que ocurre cuando nos enfrentamos y nos gritamos con ira, especialmente si lo hacemos en el contexto de una relación sentimental, familiar o laboral. Llevados por la cólera, cerramos nuestro corazón y provocamos que el otro se sienta rechazado. Ese es el efecto de la ira. El amor, por el contrario, abre la puerta del corazón y nos hace sentir cerca de una persona que hasta ese momento nos parecía lejana. Ese es el efecto del amor.

Los psicólogos han descubierto que tan solo el 10% de los conflictos pueden atribuirse a discrepancias reales de opinión; el 90% restante surge como consecuencia de un tono de voz inadecuado o disonante. Tener razón no depende del volumen al que hablemos. En las relaciones en las que se grita a menudo, los corazones se alejan terriblemente. En nuestro afán por ser escuchados, ajustamos ese volumen hacia arriba, lo que aumenta aún más la distancia. El silencio que sigue a una pelea es una señal de que también los corazones callan.

Con frecuencia gritamos precisamente a las personas más cercanas. Rara vez explotamos ante extraños. Así pues, en lugar de mostrar con más claridad nuestro amor a los seres a los que nos encontramos estrechamente unidos, les hacemos daño. La próxima vez que explotes de ira, recuerda esta historia. Piensa que el volumen de tu voz será proporcional a la brecha que se abrirá entre sus corazones y que, al gritar, provocarás que la relación se vaya distanciando.

Quien más sufre no es, ni mucho menos, la persona contra la que se dirigen los gritos, sino la persona que grita. Si lanzo brasas, seré yo quien primero se queme. Si me enfurezco con alguien, me daré cuenta de que mis sentimientos me apartan del mundo que me rodea. ¿Tal vez gritamos porque nos parece estar terriblemente lejos del otro, porque nos sentimos solos y atrapados en esa situación?

Se cuenta que en cierta isla del sur del Pacífico vivía, hace mucho tiempo, una tribu cuyos miembros, cada vez que se encontraban con un árbol en mitad de su camino, se reunían en torno a él y empezaban a gritarle: «¡Qué árbol tan inútil eres! ¡No tienes ni el más mínimo valor!». En lugar de recurrir a hachas o a sierras, todos vociferaban: «¡Cáete! ¡Cáete!». Pronto, según se dice, el árbol se secaba y moría. Los gritos de ira no solo alejan a las personas: también pueden destruir las almas.

Que alguien nos grite significa que, en el fondo, nos necesita y que desea reducir la distancia que nos separa de él. En coreano tenemos una expresión para designar una relación amistosa: *Chob-chob-nam-nam*. Al pronunciarla, pensamos en dos personas que conversan alegremente y con voz suave o en dos amantes que acercan sus rostros para murmurarse palabras de cariño. La clave para evitar el distanciamiento en tu relación es, pues, hablar en voz baja.

UNA ÚLTIMA SONRISA

Bálsamo para un corazón herido

Hace unos días me tomé un té con la actriz coreana Kim Hye-Ja, la protagonista de la película *Mother* (2009), que me habló de sus vivencias en Liberia. Hye-Ja llegó a este país africano junto con un equipo de médicos cooperantes después de una guerra civil que se extendió durante más de diez años, costó la vida de cientos de miles de personas y obligó a huir a la mitad de la población. Cierto día, acompañó a uno de los médicos a visitar a una enferma en una miserable choza de adobe.

Aquella mujer estaba agonizando. Cuando el doctor la exploró, en cada punto del cuerpo que tocaba se abrían bajo sus dedos pústulas nauseabundas. La actriz se preguntó entonces cómo era posible que un ser humano pudiera llegar a semejante estado y le pareció un milagro que la enferma aún respirara. El médico y la propia Kim Hye-Ja pasaron horas limpiando la piel de la paciente con una solución antiséptica y retirando la pus de sus llagas. Cuando acabaron, la mujer emitió serenamente su último suspiro. Tendría apenas unos 30 años.

Parecía que solo había estado esperando a que alguien acudiera a cuidarla. En las lamentables condiciones de vida en las que había venido al mundo, jamás había conocido la experiencia de que alguien le prestara atención. Probablemente su esperanza era que, al menos una vez en su existencia, alguna persona le tendiera la mano. Mientras le lavaban su cuerpo arrasado por los gérmenes, la expresión de su rostro, al principio de crispación por el dolor, se fue convirtiendo en una apacible sonrisa. La mujer se encontraba cubierta de dolorosas úlceras por todas partes y, sin embargo, estaba radiante. Antes de cerrar los ojos para siempre, confesó al médico y a la actriz que en ese momento se sentía feliz.

A pesar de que en su corta vida había tenido que soportar unos dolores espantosos, gracias a aquella abnegada ayuda se fue con el corazón tranquilo. Kim Hye-Ja concluyó su relato explicándome que en ese momento había comprendido que cualquiera de los gestos que tenemos con los demás puede ser lo último que ellos vivan. Lo que digamos o lo que hagamos determinará con qué sentimiento se irán de este mundo.

Hace algún tiempo leí en una revista sobre meditación la historia de un taxista de Nueva York. En plena madrugada, alguien lo llamó para que recogiera a un pasajero. La dirección que le facilitaron correspondía a un barrio muy degradado. Cuando el taxista llegó a él, todo estaba completamente oscuro. No se veía un alma por los alrededores. Cualquier persona en su situación se habría dado la vuelta y se habría ido de allí, pero, aunque el panorama le parecía amenazante, el taxista tocó el claxon. A continuación, se bajó del coche y se dirigió al edificio indicado. Cuando llamó a la puerta, le respondió una mujer, que, en voz baja, le rogó que esperara un minuto.

La espera fue larga. Cuando por fin se abrió la puerta, el taxista se encontró ante él a una anciana de unos 80 años. Llevaba consigo una pequeña bolsa de viaje. Con su vestido y su sombrero adornado con un velo de redecilla, parecía recién salida de una antigua película de Hollywood. Después de subirse al coche con ayuda del taxista, la dama le mostró una tarjeta con una dirección y le pidió que la condujera hasta allí atravesando la ciudad. Él le explicó que podían llegar a su destino en apenas veinte minutos si tomaba una ruta directa. En cambio, si iban a través de la ciudad tardarían varias horas. «No hay motivo para ir deprisa —objetó la mujer—: voy a una residencia de ancianos».

Durante dos horas recorrieron la urbe. En un momento dado, la mujer le pidió al taxista que se detuviera ante un edificio en el que había trabajado como ascensorista cuando era joven, y lo contempló durante largo rato a través de la ventana. A continuación se acercaron a un barrio en el que se encontraba la primera casa que había tenido en propiedad en su vida, justo después de casarse. Después se detuvieron delante de una tienda de muebles en la que antaño hubo un salón de baile al que iba a divertirse en su juventud... De ese modo, la anciana le fue pidiendo al taxista que se parara aquí y allá, delante de algún edificio o en algún cruce, y se quedaba contemplando en silencio, desde el oscuro interior del vehículo, la escena que se mostraba ante sus ojos.

Finalmente, llegó el momento.

Cuando se pararon ante la pequeña y destartalada residencia de ancianos, el personal ya la estaba esperando.

—Ahora tengo que irme —le anunció ella, con el monedero en la mano—. ¿Cuánto le debo?

—Nada —el taxista se bajó del coche y la ayudó a salir.

—Muchas gracias —respondió la mujer, y los dos se abrazaron—. Acaba de regalarle a una anciana los últimos momentos de alegría de su vida.

Sin volver la vista atrás, la mujer se dirigió hacia el edificio y él oyó cómo la puerta se cerraba tras ella a cal y canto. Fue como el ruido de la puerta de una vida que se cierra para siempre.

¿Qué habría ocurrido si aquella anciana se hubiera topado con un taxista gruñón o impaciente? ¿Qué habría pasado si él se hubiera negado a dar aquel largo rodeo o si no hubiera aceptado recogerla en aquel degradado barrio? Lo que hacemos, lo que decimos, la mano que tendemos a alguien puede ser lo último que esa persona viva en su vida. Y con ese sentimiento se despedirá de este mundo su alma.

LA HISTORIA DE JIM CORBETT

Sobre la alegría al borde del camino

Recientemente almorcé en Corea del Sur con el cónsul indio Bed Pal Singh y ambos terminamos hablando de Jim Corbett, el legendario cazador de tigres que vivió a principios del siglo pasado en la India. En aquella época no era infrecuente que estos animales atacaran a los humanos en la selva de Kumaon, en el norte del país. Los treinta y tres tigres y leopardos que Corbett mató a lo largo de su carrera como cazador habían matado a su vez a unas mil quinientas personas.

Jim Corbett era hijo de un británico que trabajaba como director de una oficina de correos, y desde pequeño sintió fascinación por la jungla y la diversidad de animales salvajes que vivían en su entorno. Ya en su juventud conocía por su nombre a la mayoría de las especies de aves y otros seres vivos. Su interés y su pasión por la naturaleza lo llevaron a convertirse en un extraordinario rastreador y cazador. Ascendió a la categoría de mito cuando consiguió abatir él solo al tigre de Champawat, una misión en la que habían fracasado tanto el ejército como muchos otros cazadores.

Uno de los principios innegociables de Corbett era que solo cazaba ejemplares que hubieran matado previamente a personas, siempre y cuando hubiera pruebas suficientes de ello. Era un defensor convencido del medioambiente, lo que lo llevó a fundar en Kumaon el primer parque nacional de su país y a impulsar la protección de las especies animales salvajes, sobre todo del amenazado tigre de Bengala. En reconocimiento a su labor, se bautizó con su nombre el parque nacional que él mismo creó y también una de las cinco especies de tigre que existen en la India.

El cónsul Bed Pal me contó entonces una impactante anécdota sobre este cazador.

En cierta ocasión, Corbett se encontraba en la jungla, a los pies del Himalaya, acompañado por un grupo de cazadores. Corría el mes de abril y la naturaleza desplegaba todo su esplendor. Los árboles, los arbustos y las plantas trepadoras se encontraban en flor y las mariposas, de mil colores, revoloteaban aquí y allá. El aire estaba cuajado de gorjeos de los pájaros más singulares y en él flotaba un aroma dulce y embriagador. Se diría que aquella sensación primaveral había tomado toda la jungla, porque las aves migratorias, que se habían desplazado al sur durante el invierno, ahora se cortejaban como si aquel fuera su último día en este mundo. Los rayos del sol, que caían sobre el denso follaje, sumergían todo el paisaje en una enigmática luz. Allá donde se posaran los ojos, el alma encontraba un goce único.

El grupo, extasiado ante aquella escena, avanzaba por el sendero, que serpenteaba a través de la jungla. Al anochecer, llegaron al campamento. Cuando tuvieron todo listo y los cazadores pudieron al fin sentarse juntos y charlar, Corbett le preguntó a uno de sus compañeros si le había gustado el camino.

—¡No! ¡En absoluto! —respondió enfurruñado—. El terreno era impracticable y todo ha sido mucho más complicado de lo que me esperaba.

En lo único en lo que había pensado aquel hombre durante todo el recorrido era en el destino al que se dirigían, y por eso no había podido disfrutar de la belleza de la naturaleza que los rodeaba. El esplendor de las flores, el canto de los pájaros, los aromas... Nada de aquello había penetrado en él. El camino que atravesaba la selva estaba cubierto de maleza en muchos puntos, así que habían tenido que abrirse paso a machetazos a través de aquella intrincada vegetación. Una y otra vez se habían visto obligados a espantar a los insectos que se posaban sobre sus cuerpos y a ascender por escarpadas pendientes en cuyo terreno, cubierto por el fango, era difícil mantenerse en pie. Además, habían lidiado con la incertidumbre de no saber si conseguirían llegar al campamento antes de que se pusiera el sol, y los oprimía un miedo constante hacia todos los peligros desconocidos que los acechaban allí afuera.

Sin embargo, Corbett había olvidado todas las dificultades y las preocupaciones al contemplar las maravillas y los secretos de la selva virgen y salvaje. Paso tras paso, había disfrutado de aquel espectáculo de la naturaleza, y gracias a ello había conseguido llegar hasta el campamento sin darse cuenta. Dos personas habían recorrido el mismo camino, cargadas con mochilas de idéntico peso, pero lo que habían sentido no tenía nada que ver. Lo que para una había sido fatiga, para la otra había sido puro goce.

También nosotros pasamos por alto las cosas hermosas con las que nos encontramos mientras avanzamos con esfuerzo hacia nuestros deseos y objetivos, a pesar de que son precisamente esas cosas las que enriquecen nuestra vida. Hay quienes se apresuran y, en su afán por llegar lo antes posible a su meta, tratan de esquivar todo lo posible los obstáculos, mientras que otros escrutan los secretos del camino y se alegran de descubrir giros inesperados. Para estos últimos, la vida es un magnífico regalo que de ninguna manera se querrían perder, y el objetivo solo representa la dirección que han de seguir. Todos lo sabemos: tan pronto como alcanzamos una meta, salimos rumbo hacia la siguiente.

«El camino y el momento son el objetivo»: esta frase no solo es válida para el recorrido a través de la jungla, sino también para toda la vida. De hecho, cuando practicamos senderismo por las montañas y los bosques de este mundo, la idea no es apresurarnos para llegar a nuestro destino, sino vivir y gozar cada momento del camino que nos conduce hasta él. La alegría y el resto de las emociones compensan cualquier esfuerzo. Si disfrutamos de todos y cada uno de los instantes, nos resultará más sencillo dar un paso tras otro y, sin percatarnos, alcanzaremos nuestra meta. De un misterioso modo, la alegría funciona como una brújula. Con ella, el camino se vuelve más claro.

Lo que cuenta en un viaje es lo vivido. La manera en la que nos movemos y la atención y el interés con los que experimentamos cada momento determinan la calidad de un viaje. Al fin y al cabo, no importa a qué lugar lleguemos. Somos tanto los viajeros como el viaje en sí mismo.

Jim Corbett escribió al respecto en uno de sus libros: «Las personas que no se interesan por el suelo que pisan no son felices, ni siquiera cuando alcanzan su destino».

O, como reza el aforismo: «Si no puedes ser un poeta, sé un poema».

A veces tendremos que luchar en la selva de la vida, como hicieron aquellos cazadores. Pero el aroma —lo realmente esencial de nuestra existencia— nace precisamente de las flores que se abren al borde del camino y del momento que vivimos. No importa cuándo alcanzaremos nuestra meta. En lugar de mantener nuestra mirada fija hacia delante, disfrutemos, pues, del recorrido. Relajémonos. Tomémonos el tiempo necesario para contemplar esas pequeñas flores que crecen en las grietas de los muros.

¿QUIÉN SOY YO?

*El tigre tiene rayas por fuera;
el ser humano las lleva por dentro*

Durante una temporada viví en un centro de meditación situado cerca de Bombay. Una de mis compañeras en aquel lugar, coreana, tuvo un grave problema de salud mental y quise llevarla a un psiquiatra, así que llamé a una consulta, describí los síntomas de la paciente y concerté una cita para ella. El médico nos recibió con amabilidad. Llevaba puestos unos lentes con montura de carey que le daban un aire intelectual.

Con un gesto, nos invitó a sentarnos y, una vez instalados, me preguntó por mi nombre, mi edad, mi estado civil, mi historial clínico y el motivo de mi estancia en la India. Anotó mis respuestas mientras asentía con expresión seria. A continuación, me pidió que abriera la boca y que sacara la lengua, y después me examinó con un oftalmoscopio el fondo de los ojos. Me preguntó si sufría dolores de cabeza o zumbidos extraños en los oídos. A todas luces, pensaba que yo era el paciente.

Antes de que pudiera explicarle que no se trataba de mí, sino de la mujer que se sentaba a mi lado, aquel hombre, observando mi aspecto y mi aura, ya había llegado a la conclusión de que yo padecía problemas mentales. Mi tono de voz, mi manera de mirar, el color de mi lengua... Todo lo observó desde esta perspectiva. Para comprobar hasta dónde llegaría aquello, empecé a comportarme a propósito de una forma extraña y di respuestas absurdas. En todo momento, él asintió con semblante grave. Mientras tanto, la verdadera paciente nos miraba, primero a uno, después al otro, con serias dificultades para contener la risa. Era evidente que todo aquello le parecía muy gracioso. ¡Resulta que, sin comerlo ni beberlo, un experto indio me había endosado un diagnóstico de enfermedad mental!

A menudo pienso que no soy la persona que creen los demás. Frecuento a mucha gente, pero nadie me ve realmente a mí, sino la idea que tienen de mí. Aun cuando nos conozcamos desde hace tiempo, a veces los puntos de conexión que existen entre nosotros son tan distantes que es imposible que se produzca un verdadero encuentro.

En cierta ocasión, durante una visita al templo de los monos de Katmandú, en Nepal, quise descansar unos instantes, así que me senté en el suelo junto a un par de mendigos. Entonces se acercó a mí una coreana, me arrojó una moneda de cinco rupias (unos cinco céntimos de euro) y tomó una foto. De repente, me reconoció y me preguntó, con un tono de reproche, en qué demonios estaba pensando cuando decidí sentarme precisamente en ese lugar. Fingí entonces no ser quien soy y ella tomó otra fotografía más.

No soy aquel que los demás quieren ver en mí ni me encuentro en los lugares en los que los demás piensan que debería encontrarme. Como ser vivo que soy, se me ha concedido el derecho de cambiar de un momento a otro y yo decido quién quiero ser y dónde quiero estar. La infelicidad y la insatisfacción comienzan cuando empezamos a creernos lo que los demás piensan de nosotros o comenzamos a mirarnos como los demás nos miran. En ese momento, negamos la posibilidad de nuestra propia versatilidad. No somos figuras moldeadas de una sola pieza, sino una síntesis de innumerables formas que van cambiando constantemente. En Ladakh se dice que «El tigre tiene rayas por fuera; el ser humano las lleva por dentro». El problema es que a los demás les resulta difícil apreciar nuestras rayas internas. Su patrón cambia a lo largo de la vida, porque en ellas se reflejan nuestros procesos de crecimiento y transformación.

El primer criterio por el que se juzga a una persona es su aspecto; el segundo, su pasado. A menudo me encuentro con personas que se han formado una opinión inmutable sobre mí a partir de las impresiones que fueron acumulando durante el tiempo que compartimos en el colegio o en la universidad, pese a que en ese periodo tal vez jamás llegamos a mantener ninguna conversación profunda. Creen firmemente que la imagen que recuerdan de esos días tan lejanos se corresponde con mi verdadero yo.

Cada vez que hablamos acerca de otra persona nos referimos en realidad a la persona que fue hace unos meses o unos años. Y, en la mayoría de los casos, cuando a quien habla en esos términos le hacemos ver que es posible que la persona en cuestión haya cambiado en este tiempo, lo más habitual es que nuestro interlocutor niegue de manera rotunda esa posibilidad. Es realmente sorprendente lo mucho que confían ciertos individuos en sus propios prejuicios y valoraciones.

En su obra *La gaya ciencia*, Nietzsche observa: «Se nos confunde [...] porque crecemos, cambiamos sin cesar, desprendemos costras antiguas y aun mudamos la piel en cada primavera, nos volvemos cada vez más jóvenes, más futuros, más elevados y más fuertes».

* El fragmento entrecomillado se extrajo de la traducción de Charo Greco y Ger Groot de la obra de Friedrich Nietzsche *La gaya ciencia*, Ediciones Akal, Madrid, 2011, p. 299. *(N. de la T.)*.

Es prácticamente imposible conocer a una persona en un momento concreto, porque somos como árboles de los que, en un proceso de crecimiento constante, nacen continuamente nuevas ramas. Siempre tenemos la posibilidad de cambiar y mudar de piel cada día. Los demás jamás pueden saber —ni siquiera en el contexto de una relación sentimental o que venga de lejos— qué tipo de metamorfosis se desarrolló en mi interior a lo largo de la pasada noche o esta misma mañana, ni de cuál de mis capas me desprendí.

El anónimo autor de la siguiente reflexión supo poner en palabras lo que siento en este sentido:

> Los demás conocen tu nombre, pero no tu historia. Han oído lo que has hecho, pero no lo que has sufrido. Así pues, no aceptes sin más la opinión que tienen acerca de ti. Al fin y al cabo, no se trata de lo que piensen de ti, sino de cómo te ves tú. A veces tendrás que hacer lo que es mejor para ti y para tu vida, y no lo que los demás creen que es mejor para ti.

> Incluso quien se desorienta permanece en su camino. Todos los viajes tienen un destino secreto del que el viajero no sabe nada. Yo no sería la misma persona sin los múltiples rodeos, callejones sin salida y fracasos que he conocido a lo largo de mi vida. Me he convertido en quien soy gracias a esos caminos que se han abierto ante mí. Siempre debemos hacernos una pregunta: «¿Tiene corazón este camino?».

EL CAMINO DEL CORAZÓN

*Nunca nos perdemos,
ni siquiera cuando nos desorientamos*

Cuando me fui de casa de mis padres, decidido a vivir como estudiante sin un techo seguro bajo el que cobijarme, con tal de poder dedicarme a la literatura sin que nadie me lo impidiera, la gente me tomó por loco. Tuve que repetir un semestre porque me pasaba la mayor parte del día escribiendo poemas y la noche entera leyendo libros. Después de concluir mis estudios de Filología Coreana, me ofrecieron un puesto como profesor. Cuando rechacé aquella propuesta, todo el mundo volvió a pensar que era un irresponsable. Y lo mismo ocurrió cuando dejé mi trabajo en una revista en la que había estado empleado durante apenas medio año.

Más adelante solicité un préstamo para abrir una cafetería diseñada para amantes de la música clásica y tan solo tres meses más tarde la cerré. Evidentemente, todos se preguntaron si me había arruinado en aquel negocio. Lo siguiente que hice fue aceptar un empleo como vendedor callejero en un puesto de algodón de azúcar, lo cual causó un gran revuelo. Cuando al final del verano aquel trabajo llegó a su fin, esas mismas personas se rieron de mí a mis espaldas, sin pensar que, sencillamente, vender algodón de azúcar es un negocio estacional.

En otoño empecé a trabajar en una editorial que dejé en la primavera siguiente, lo que de nuevo fue algo inexplicable para todos. Le di entonces la espalda a Seúl y a su estilo de vida y me instalé en una cabaña abandonada, en la ladera de una montaña situada en la provincia de Gyeonggi. En ese momento, la gente me consideró un caso definitivamente perdido. Cuando la existencia en las montañas se me hizo insoportable y encontré un empleo en una empresa de la isla Yeoui, todos pensaron que aquel trabajo no era adecuado para mí.

Por aquel entonces leí la obra *Sweeper to Saint* [De barrendero a santo], de Baba Hari Dass, y decidí dejar mi puesto para dedicarme a traducir aquel libro al coreano, lo que a ojos de los demás fue una estúpida decisión. Varias editoriales rechazaron mi manuscrito alegando que era «demasiado aburrido».

Así pues, decidí emigrar ilegalmente a Estados Unidos e instalarme en Nueva York. Entonces me preguntaron: «¿De verdad tienes que hacerlo?». Cuando, dos meses más tarde, me gasté todo mi dinero en retirarme a un centro indio de meditación, recibí miradas de estupefacción. Todos pensaron que estaba loco y me aconsejaron que me quedara en Nueva York.

Cuando me trasladé a Seogwipo, en la isla de Jeju, donde no conocía absolutamente a nadie, vaticinaron que me sentiría muy solo, pero no hubo una estación del año en la que no recibiera la visita de alguna persona que venía a pasar conmigo sus vacaciones. Dos años más tarde regresé a Seúl y todos me preguntaron, visiblemente apenados, por qué había dejado un lugar tan hermoso.

Una y otra vez tuve que soportar que me preguntaran de qué pensaba vivir o si no me parecía que mi actitud era demasiado imprudente. Incluso llegaron a decirme que no soy normal.

Como viajaba constantemente a la India, también me aconsejaron que volara alguna vez a Europa o a China, pese a que no quería hacerlo: si iba una vez al año a pasar una temporada a la India, era porque quería descubrirme a mí mismo, y no el país. Cuando terminé el manuscrito de mi poemario *Jigeum algo itneungeol geuttaedo alatdeoramyeon* [Ojalá hubiera sabido entonces lo que sé ahora], las editoriales lo rechazaron con la excusa de que no hay mercado para la poesía. En mi ensayo *Haneulhosuro tteonan yeohaeng* [Un viaje al lago del cielo], que escribí a lo largo de mis diez viajes a la India, volvieron a denegar mi propuesta y argumentaron que «ningún lector está interesado en la narración de un viaje por la India». En cambio, me ofrecieron correr con los gastos de desplazamiento si me decidía a escribir un libro sobre Francia o sobre España. Tampoco quiso publicar nadie mi traducción al coreano de la obra *Lecciones de vida*, de Elisabeth Kübler-Ross, a pesar de que en ella se recogían las historias de varias personas que se hallaban al borde de la muerte. Eso sí, cuando los libros de esta autora se convirtieron en *bestsellers*, se me criticó por tener una actitud demasiado comercial.

Incluso quien se desorienta permanece en su camino. «Todos los viajes tienen un destino secreto del que el viajero no sabe nada», dijo el gran filósofo de las religiones Martin Buber. Yo no sería la misma persona sin los múltiples rodeos, callejones sin salida y fracasos que he conocido a lo largo de mi vida. Me he convertido en quien soy gracias a esos caminos que se han abierto ante mí.

En el fondo de nuestro ser, las personas estamos hechas para caminar. Y no me refiero meramente al movimiento espacial de avance, sino también al proceso que nos conduce desde el presente hasta el futuro, desde el nacimiento hasta la muerte. En latín existe el concepto del *homo viator*, es decir, el humano que se encuentra de camino, que viaja. Quien se desplaza en busca de sentido viaja de un lugar a otro sin detenerse en ninguna parte, con la esperanza de hallar algo que haga que su vida valga la pena. A este viaje se lo denomina en Asia «el camino». El *homo viator* es feliz mientras se mueve. Las personas que renuncian a sus deseos para establecerse en algún sitio caen en una pura mediocridad. Solo aquellas que se van de casa y se toman un tiempo para enfrentarse a sí mismas regresan en algún momento a su hogar convertidas en adultas.

Constantemente nos vemos obligados a tomar decisiones. Optar por un camino supone renunciar a aquellos muchos otros que no podemos recorrer. Pero ¿cómo saber si el camino que estamos siguiendo es el correcto? Carlos Castaneda, antropólogo de la Universidad de California en Los Ángeles (UCLA), escribió acerca de su encuentro con Juan Matus, un indígena de la tribu de los yaquis del que, durante una estancia académica en México, aprendió las posibilidades terapéuticas que brindan las plantas medicinales. Aquel indígena le dio el siguiente consejo:

> Debes tener siempre presente que un camino es solo un camino. Si sientes que no deberías seguirlo, no debes seguir en él bajo ninguna condición. [...] No hay afrenta, ni para ti ni para otros, en dejarlo si eso es lo que tu corazón te dice.
>
> [...] Hazte a ti mismo, y a ti solo, una pregunta [...]: ¿tiene corazón este camino? [...] Si tiene, el camino es bueno; si no, de

nada sirve. Ningún camino lleva a ninguna parte, pero uno tiene corazón y el otro no. Uno hace gozoso el viaje; mientras lo sigas, eres uno con él. El otro te hará maldecir tu vida. Uno te hace fuerte; el otro te debilita.*

Toda la vida consta de decisiones. Por eso debemos saber si estamos en el camino correcto. Lo estaremos si ese camino nos inspira alegría, nos proporciona variedad y es un recorrido personal.

Vivir significa dejar atrás lo conocido y seguir el camino que sentimos que es el correcto para nosotros. No nos convertiremos en unos perdedores simplemente porque nos salgamos de la trillada senda por la que camina la mayor parte de la gente. De hecho, unirnos a la mayoría no nos protegerá de los errores.

Para tomar el camino del corazón, debemos atrevernos a nadar contra corriente. No esperes que, cuando lo hagas, todo el mundo te quiera y entienda tu viaje. ¡Se trata de tu camino! Ser un *homo viator* también significa encontrar nuestras propias respuestas, en lugar de limitarnos a aceptar las de los demás.

Quien sigue el camino de su corazón no aspira a la felicidad, sino que es acompañado por la felicidad. La felicidad no es un objetivo, sino algo que se encuentra durante el viaje. Si, en cambio, la perseguimos, eso significa que aún no hemos encontrado el camino del corazón. ¡Seas quien seas y estés donde estés, toma el camino que te atraiga! Si tiene corazón, florecerás como ser humano.

* Los fragmentos entrecomillados se extrajeron de la obra de Carlos Castaneda *Las enseñanzas de don Juan: una forma yaqui de conocimiento*, Fondo de Cultura Económica, Ciudad de México, 1974, pp. 173-174. *(N. de la T.)*.

LA FLOR AZUL

¿Cuál es para ti la imagen del anhelo?

En un fragmento de su novela *Heinrich von Ofterdingen*, cuyo estilo marcó un antes y un después, Novalis utilizó el motivo de la flor azul, tan característico del Romanticismo. En esta obra, antes de que arranque la acción principal, descubrimos que el protagonista recibió la visita de un forastero que le habló de unas enigmáticas tierras remotas y le describió una flor mágica: una imagen de anhelo que despertó en el joven la intuición de que había nacido para ser poeta. Cierto día se le apareció en sueños precisamente esa flor azul y, cuando el chico se acercó a ella, distinguió en su cáliz el rostro de una muchacha.

Arrastrado por un afán irrefrenable, acabó sumiéndose en la melancolía. Para ayudarlo a despejarse, su madre se lo llevó consigo en un viaje a Augsburgo, su ciudad natal. Por el camino, pasaron por multitud de localidades en las que Heinrich conoció a gente muy diversa: mercaderes, cruzados, un minero, un ermitaño... Cada uno de ellos le narró cuentos e historias.

Cuando el muchacho llegó a Augsburgo, conoció a una joven llamada Matilde, que identificó con la flor azul de su sueño. Ambos se enamoraron, pero Matilde murió de forma repentina e inesperada. En su largo viaje de vuelta, Heinrich comprendió que la poesía está presente en todas partes y que el mundo es en sí mismo una flor azul. Entenderlo es lo que le permitió realmente madurar hasta convertirse en poeta.

Cuando leí por primera vez esa novela tenía 20 años. Por aquel entonces estaba estudiando en la universidad. Un día, cerca del campus, vi a un compañero extranjero sentado en una escalera. Tenía las piernas cruzadas en posición de loto, las manos apoyadas en las rodillas y la mirada fija en el horizonte. Cuando me acerqué, sentí que me inspiraba una paz extraordinaria. Parecía que el ruido de alrededor no le importunaba. En aquella época, en el campus había a diario manifestaciones contra el régimen autoritario y en el aire flotaba el olor de los gases lacrimógenos. Las aulas estaban cerradas y bajo los cerezos en flor volaban, de acá para allá, piedras y cocteles molotov.

Impresionaba contemplar a aquel extranjero, sentado tan serena y pacíficamente en medio de todo el barullo. Me detuve a unos pasos de él y esperé hasta que, después de un buen rato, se puso al fin en pie. Solo entonces me acerqué y le hablé en mi limitado inglés. Era indio, según me dijo, y había estado meditando. *Meditar*: fue entonces cuando oí por primera vez este término, pero por extraño que parezca se grabó profundamente en mi alma. Aquel estudiante era el primer indio que conocía y también la primera persona que despertó mi curiosidad por la meditación. Se trataba de un hombre con grandes ojos, redondos y pacíficos como los de una vaca, y con un hueco entre los dientes incisivos.

Poco después de aquel encuentro me inscribí en la compañía teatral de la universidad y empecé a pasar mucho tiempo en los ensayos de una obra. Entonces recibí la visita de un amigo que estudiaba en la Universidad de Tecnología. Me preguntó sin rodeos si quería acompañarlo a un viaje a la India. Me contó que en aquel país existía una ciudad cuyos callejones se ramifican hasta formar una especie de telaraña en la que podíamos desaparecer. Le di una respuesta evasiva: en cualquier caso, le expliqué, no podría irme hasta que no se estrenara la obra de teatro. Fue entonces cuando me planteé por primera vez aprender a meditar en la India.

También aquel amigo tenía un hueco entre los dientes incisivos, lo que hacía que, en mi imaginación, su cara se mezclara con la del indio.

Cuando terminé mis estudios universitarios, conseguí un trabajo que me permitía ganarme la vida. Sin embargo, la idea de irme a la India no me abandonó. Probablemente ese fue el motivo por el que aquel empleo me pareció cualquier cosa menos gratificante. Al cabo de un tiempo, empecé a sufrir problemas de salud mental e incluso se me pasó por la cabeza la posibilidad de suicidarme. Lo único que me dio fuerzas para seguir viviendo fue la convicción de que, «antes» de hacerlo, tenía que conocer la India. El viaje a aquel país fue mi «flor azul» y determinó todo mi destino a partir de entonces. Para Novalis, el destino y el alma son una misma cosa: «Estamos más íntimamente unidos con lo invisible que con lo visible», reza uno de sus aforismos más famosos.*

Fue así como me puse en la piel del protagonista de su novela y empecé a buscar mi imagen de anhelo. ¿La he encon-

---

* El fragmento entrecomillado se extrajo de la traducción de Fernando Montes de la obra de Novalis *La enciclopedia (notas y fragmentos)*, Editorial Fundamentos, Madrid, 1996, p. 435. *(N. de la T.)*.

trado? No lo sé. Lo que sí sé es que sigo viajando. Lo hago por caminos conectados entre sí y que se dirigen a un destino. Y también sé que este viaje durará hasta el final de mis días. En mi búsqueda de la flor azul he conocido a las personas y los estilos de vida más variados, y esos encuentros me han permitido crecer. He aprendido igualmente que la verdad se puede hallar en cualquier lugar del mundo.

¿Cuál es tu flor azul? ¿Qué anhelas desde lo más profundo de tu corazón mientras llevas una vida convencional? ¿Cuál es el *summum bonum* (en latín, «el bien supremo») al que aspiras, por mucho que los demás lo consideren una quimera?

Tal vez tu flor azul no esté en este mundo. Y es posible que, incluso si la encuentras, resulte ser efectivamente una quimera y acabe por quebrarse o desmoronarse. Sin embargo, el verdadero valor de la flor azul es la búsqueda y el viaje que implica. Lo que cuenta no es el destino, sino el camino que en algún momento nos llevará hasta él, que descompondrá a nuestro antiguo yo en sus distintas partes y volverá a construirlo. Aunque en nuestro día a día tengamos que superar multitud de retos concretos, sin el sueño romántico de la flor azul nos quedaremos atrapados durante toda nuestra vida en el mundo material, con todos sus problemas. El poeta persa Rumi nos anima a rompernos para que, poco a poco, aflore nuestro propio mito. De ese modo, asegura, extenderemos sin más nuestras alas y volaremos tan pronto como sintamos que nuestras piernas están exhaustas y nos pesan demasiado.

EL MOMENTO ADECUADO ES AHORA

La historia de dos astrólogos

La astrología está tan extendida en la India que algunas personas se refieren a esa tierra como «el país de los astrólogos». Allí a todos los niños se les lee el futuro a partir de su signo del horóscopo. Estas profecías abarcan prácticamente todos los aspectos de la vida: desde los estudios hasta las decisiones empresariales, pasando por la elección del cónyuge, las mudanzas y los viajes.

Cada vez que voy a su país, mi amigo indio Sunil Tiwari, que es astrólogo, me aconseja qué dirección debo evitar o qué color me conviene descartar de mi vestuario. Cada vez que insisto en continuar con la ruta que ya escogí o me pongo una prenda precisamente de ese color, él entra en pánico.

Para la astrología, el principal factor es el tiempo. Es la fuerza que reina sobre todos los elementos del universo y que se materializa en el mundo en el que vivimos. Según C. G. Jung, todo queda marcado de forma indeleble por las características del tiempo en el que se nace.

En Jaipur, una de las ciudades con más tradición astrológica y que, debido al color de las fachadas de sus edificios, también es conocida como la Ciudad Rosa, vivió antaño cierto astrólogo. Era un extraordinario conocedor del cielo y un gran experto en la materia, pero su mujer estaba descontenta con él.

«Te pasas los días mirando tus libros de astrología —se quejaba ella—, pero ¿acaso va a llover arroz de una constelación? ¿Acaso una constelación te dará harina? ¡Debes ganar dinero! ¡De algo tenemos que vivir!».

Una y otra vez él intentaba calmarla. «Tienes que confiar en mí —le decía—. Mi ansia de conocimiento persigue un objetivo: quiero calcular la posición de todas las constelaciones existentes para predecir cuál será el momento más propicio en la historia del universo. Cuando lo averigüe, podré transformar el maíz en oro».

Sin embargo, la mujer seguía despotricando: «¿Cuánto tiempo pretendes que aguante con estas absurdas historias? Si hubieras obrado ese milagro, aunque solo fuera una vez, ahora no seríamos tan pobres. ¿Cómo aspiras a convertir el maíz en oro si ni siquiera eres capaz de conseguir dinero para una sola comida?».

Pero, por mucho que su mujer le insistiera, el astrólogo siguió negándose y continuó enfrascado en sus cálculos, hasta que al fin un día lo consiguió: el momento propicio para la fortuna que tanto había anhelado estaba a punto de llegar. Gracias a una alineación de planetas extraordinariamente insólita, toda la energía del cosmos se concentraría en un instante determinado.

Con semblante serio, anunció la noticia a su mujer: «Ahora quiero meditar para atraer hacia nosotros la energía del universo justo en el momento adecuado. Pon una olla al fuego para calentarla bien y prepara los granos de maíz. Cuando te lo indique, vierte inmediatamente el maíz en la olla. Explotará como si se tratara de palomitas y después se transformará en oro puro. Bajo ningún concepto deberás equivocarte de momento. No pierdas ni un segundo. De lo contrario, esta oportunidad, que solo se presenta una vez cada mil años, pasará de largo».

Su mujer objetó, serena y sin faltar a la verdad: «No tenemos ni un solo grano de maíz en casa y no encontraremos ninguno ni aunque lo busquemos con lupa por todos los rincones. ¿Cómo pretendes fabricar oro?».

El astrólogo no lo pensó dos veces: «¿Por qué no vas sencillamente a ver a la vecina y le pides prestado un poco?».

Así pues, la mujer se acercó hasta la casa contigua, llamó a la puerta y le pidió a la vecina que le dejara una fuente llena de granos de maíz. Entonces esa vecina, curiosa, le preguntó: «¿Para qué necesitas de repente tanto maíz?».

La mujer le habló de la predicción astrológica de su marido. La vecina se mostró comprensiva y le dio lo que le había pedido. Cuando se quedó de nuevo sola, pensó que, seguramente, aquella alineación propiciadora de la fortuna que se producía una vez cada mil años no solo obraría su efecto benéfico en casa del astrólogo, así que decidió aprovechar aquel momento extraordinario para sí misma: atizó a toda prisa el fuego, calentó una olla y preparó una cantidad suficiente de granos de maíz. Entonces pegó el oído a la pared que daba a la casa de los vecinos.

También la mujer del astrólogo había colocado su olla sobre el fogón, había preparado la fuente de maíz y estaba esperando a la señal de su marido. El astrólogo siguió sentado, absorto en su meditación, hasta que al fin gritó: «¡Ahora!». Inmediatamente, la vecina vertió el maíz en la olla caliente.

En cambio, la mujer del astrólogo, más desconfiada, preguntó: «¿De verdad tengo que echar el maíz a la olla ahora? ¿Estás seguro? Compruébalo otra vez».

Y antes de que el astrólogo pudiera siquiera responder, el momento propicio para concentrar la fortuna del universo ya había pasado. De ese modo, la «ocasión dorada» se les escapó. El astrólogo se sintió profundamente decepcionado e insultó a su mujer por haber hecho que todos sus esfuerzos hubieran caído en saco roto.

En aquel instante, la vecina llamó a la puerta y les mostró, sonriente, su olla. Estaba llena de relucientes pepitas de oro. Para darles las gracias, les regaló unas cuantas.

La mujer del astrólogo no daba crédito a lo que veían sus ojos. «¡Vamos a intentarlo otra vez! —le propuso a su marido—. ¡Demos marcha atrás hasta el momento que propicia la fortuna! ¡Esta vez no desaprovecharé la oportunidad!».

Entonces el hombre, jalándose los cabellos, gritó: «¿Cómo quieres que lo haga? ¡No puedo ir hacia atrás en el tiempo! El universo sigue moviéndose hacia delante. Una vez que un momento pasa, ¡se pierde para siempre si lo dejas escapar!».

Constantemente nos asalta la sensación de estar perdiéndonos algo en nuestra vida. Pero lo que más perdemos son precisamente esos momentos tan especiales. La vida está dispuesta a darnos lo que necesitamos, y en esos instantes cualquier alineación de los planetas es perfecta.

Guwahati, en el estado indio de Asam, es otra de las «ciudades de la astrología». Allí vivió hace ya tiempo un astrólogo junto con su esposa. Ninguno de ellos emprendía ninguna actividad ni tomaba ninguna decisión sin antes haber estudiado la alineación de los planetas y el aspecto de las doce constelaciones de los signos del horóscopo y haber calculado el momento más propicio para sus proyectos.

Cierta noche un extraño ruido en la casa los despertó a ambos. El marido susurró a su mujer: «Creo que alguien entró. ¿Tú también oíste ese ruido?».

Su mujer murmuró: «¡Sí! ¡Debe de ser un ladrón! ¿Quién si no haría semejante barullo en plena madrugada en la planta de abajo?».

Entonces volvieron a oír el ruido. De hecho, sonaba como si alguien estuviera saqueando la casa.

La mujer se asustó. «¿Y si grito muy fuerte que hay un ladrón aquí? ¡Los vecinos vendrían corriendo a ayudarnos!».

El astrólogo se opuso: «¡De ninguna manera! Ya lo sabes, no podemos hacer algo tan importante sin consultar primero el *nakshatra* [el movimiento de la luna], el *rashi* [el sistema de doce constelaciones del horóscopo] y el *dasha* [el ciclo de los planetas]. Tomaré mis libros y mis mapas celestes y calcularé cuándo es el momento adecuado para pedir ayuda».

Caminó de puntillas hasta su escritorio, sacó libros y mapas y empezó a contar a la pálida luz de la luna.

—¿Y bien? —preguntó la mujer, impaciente—. ¿Qué dicen los astros?

—Según mis cálculos, el mejor momento es dentro de seis meses —respondió él—. Antes de ese instante, no hay ningún otro favorable. Hoy no es una fecha adecuada para gritar. No tenemos más remedio que esperar hasta entonces, así que lo mejor es que sigamos durmiendo.

Su mujer no estaba segura de que debieran esperar tanto tiempo. Sin embargo, hasta entonces se habían regido por los cálculos astrológicos en todas las cuestiones importantes, así que también en ese caso acató la decisión de su marido. Para no oír los ruidos del salón, los dos se taparon la cabeza con la manta y trataron de dormir.

Para el ladrón, aquel fue un día de suerte. Tenía plena libertad para hacer aquello que había ido a hacer y, cuando terminó, pudo salir de la casa con total tranquilidad.

A la mañana siguiente, el despertar del matrimonio fue difícil: su casa estaba completamente desvalijada. Pero ¿qué podían hacer? Tampoco era el momento adecuado para denunciar el robo a la policía.

Seis meses más tarde, la posición de los astros era al fin favorable. El astrólogo se despertó al alba y, dispuesto a todo, gritó: «Espera, ratero, ¡te voy a enseñar lo que es bueno!».

Despertó a su mujer zarandeándola. Entonces se miraron fijamente a los ojos y los dos gritaron a pleno pulmón: «¡Un ladrón! ¡Un ladrón! ¡Socorro!».

Inmediatamente los vecinos acudieron, pero solo encontraron al matrimonio dentro de aquella casa vacía. No había ni rastro de ningún ladrón.

—¿Dónde está el ladrón? —preguntó la gente.

—¡Oh! —respondió el astrólogo—. Vino hace seis meses y después se esfumó. Pero no habíamos pedido ayuda hasta ahora porque entonces no era un momento favorable para hacerlo. En cambio, hoy los astros están en una posición excelente.

Los vecinos regresaron a sus casas sin saber si reír o llorar.

Es posible que todos los elementos del universo influyan en nuestra vida, pero somos nosotros quienes decidimos nuestro destino en cada momento. Si aplazamos algo por cálculos y temores, estaremos desaprovechando el instante. Porque el momento adecuado es este. El día de la primavera de la vida está en el aquí y el ahora: un día para actuar. Un día de suerte, precisamente.

SOBRE EL ASOMBRO

Cómo pintar de colores el día a día

El escritor francés Michel Tournier, tan comprometido con el espíritu de la estética, utilizó en su obra en prosa *Celebraciones* la palabra *volvation*,* término francés que designa el acto por el que un cuerpo se enrolla sobre sí mismo cuando detecta el más mínimo peligro, como hace un erizo. Aplicado a los seres humanos, alude al reflejo de encerrarnos en nosotros mismos frente al mundo y de rechazar cualquier contacto. El erizo sabe cómo defenderse sin luchar y cómo herir sin atacar. Es un maestro en el arte de la defensa pasiva, la *volvación*.

En cierta ocasión oí por casualidad, en la entrada de un hostal en el que me hospedaba, cómo un hombre les contaba a dos coreanas las experiencias que había vivido a lo largo de su viaje. Llevaba tres meses en la India y ya había visto casi todas sus ciudades y monumentos célebres. Las coreanas, que acababan de llegar, escuchaban atentamente sus explicaciones con una expresión en la que, poco a poco, la ilusión iba dejando paso al

---

* «Volvación», en la edición en castellano de la obra, traducida por Luis María Todó, Acantilado, Barcelona, 2002, p. 39. *(N. de la T.)*.

miedo. El viajero hacía comentarios muy negativos sobre los lugares en los que había estado: en los alojamientos de Delhi registraban el equipaje de los viajeros; el Taj Mahal estaba hecho una ruina y era una zona insegura debido a los timadores y a los carteristas; en Calcuta, el aire se encontraba tan contaminado por los gases de los tubos de escape que apenas se podía respirar; en Rajastán, lo único que había para comer eran unas tortillas insípidas, era necesario tener cuidado para que nadie te vertiera droga líquida en la bebida y todo estaba lleno de turistas varones en busca de sexo, que se abalanzaban sobre las mujeres locales. Incluso en Benarés, la ciudad sagrada del hinduismo, había que extremar las precauciones porque todo el mundo, incluidos los niños, se movía exclusivamente por dinero.

Ante todas aquellas advertencias, que encadenaban palabras como «cuidado», «precaución», «atención», «ahí, mejor no» o «es preferible dejarlo», las dos mujeres parecían estar arrepentidas, ya en el mismo día de su llegada, de haber venido. Mientras escuchaba a aquel hombre me pregunté por qué demonios llevaría tres meses viajando por la India. ¿Existiría algún lugar del planeta, más allá de su bolsa de dormir, en el que se sintiera bien? Daba la impresión de que estaba encerrado en un caparazón llamado «ego», que había construido él mismo por miedo a abrirse al mundo. Lo único que proyectaba hacia el exterior eran sus púas, y eso hacía que las dos mujeres se atrincheraran tanto como el propio viajero. ¿Acaso era eso lo que él pretendía?

Michel Tournier estaba convencido de que una persona preocupada es incapaz de admirar nada y también le resulta difícil forjar una amistad con los demás, porque las amistades nacen precisamente cuando se valora al otro. Según este autor, en la naturaleza no existen más colores que el blanco y el negro. En efecto, el mundo es básicamente acromático. Son nuestros ojos y nuestra admiración los que proporcionan colorido a esta realidad. Tournier lo formula así: «Te recibí con aprecio y me lo recompensaste con creces. ¡Te lo agradezco, vida mía».

El mundo es imperfecto y también el ser humano tiene sus puntos débiles. Es el aprecio mutuo lo que completa a ambos y los conecta entre sí. Desde una flor al borde del camino hasta los confines de la galaxia, desde los primeros dientes de un bebé hasta el canto de los delfines: allá donde miremos, el mundo nos brinda maravillas que podemos contemplar con asombro. Pero si a la hora de tratarnos no nos reconocemos mutuamente nuestro valor, los seres humanos no seremos más que unas míseras criaturas. Nada es más sanador que el hecho de que alguien nos aprecie.

Un naturalista escribió en cierta ocasión el siguiente consejo: «Evalúa tu estado de salud en función de lo mucho o lo poco que te conmuevan las mañanas y la primavera. Si no reaccionas ante el despertar de la naturaleza, si la expectativa de dar un paseo matinal no te colma de ilusión y esperanza o si el primer canto de un pájaro al amanecer no te llena de energía, debes saber que ya dejaste atrás tu propio despertar primaveral, tu propia mañana».

Cuando los árboles extienden hacia el cielo sus ramas, como si fueran las líneas de las manos de los dioses, o cuando en los primeros instantes del alba tan solo la luz de las flores ilumina el jardín, somos nosotros quienes insuflamos vida a la escena. Somos nosotros quienes debemos descubrir a un ave a través de su gorjeo en nuestro camino matinal entre los miserables muros de la ciudad. Pero si pasamos por alto este tipo de cosas, las condenaremos a sumirse en un eterno olvido sin que antes hayan podido siquiera despertar nuestro asombro.

Confío en que tarde o temprano aquellos tres viajeros de la India renunciaran a su *volvación* y abrieran sus ojos a la belleza del mundo. En mis primeros viajes, yo era exactamente como ellos. Frustrado ante los contratiempos y los absurdos de un entorno desconocido, me llegué a arrepentir de viajar rumbo a ese país. El hábito de espinas en el que me había envuelto me separaba del mundo. Sin embargo, en un momento dado empecé a mover mi cabeza al ritmo de las melodías del sitar y a alegrarme cada vez que veía a las mujeres vestidas con sus coloridos saris, y dejé que el sol de la mañana, al elevarse sobre el Ganges, iluminara directamente mi corazón. Recuerdo que cierta madrugada me quedé sobrecogido en una estación de trenes, entusiasmado ante lo que estaba viendo.

Aquellos instantes fueron como una revelación. Un día me subí a un tren de larga distancia en el que viajaban cinco veces más pasajeros que el aforo máximo permitido. La escena que encontré en los vagones se asemejaba al caos que se genera en una batalla. Cuando conseguí, a duras penas, abrirme paso a través de la multitud hasta llegar al asiento que tenía reservado, descubrí que en él iban sentados tres indios. No quedaba sitio ni para mi mochila. Me encogí todo lo que pude para deslizarme en el estrecho hueco que quedaba junto a la ventana, pero entonces me topé con unos sucios pies que se balanceaban delante de mi cara: arriba, en el compartimento para el equipaje, se sentaba más gente aún, apretujada.

Cuando me senté como ellos, intentando asumir el incómodo hecho de que iba a tener que pasar las veinte horas siguientes en aquellas condiciones, ocurrió algo sorprendente: de algún lugar situado en medio de la multitud de pasajeros surgieron un chico y una chica que, vestidos con ropas harapientas, se plantaron directamente delante de mí y empezaron a cantar. La muchacha entonaba con voz tierna un *gazal*, que en la música étnica de la India, Arabia y Turquía consiste en una estrofa de cuatro versos, mientras que el muchacho la acompañaba con un antiguo tambor. Todo el mundo, incluido yo mismo, escuchó atentamente la canción. Cuando calló la melodía, saqué cinco rupias del bolsillo y se las coloqué a la joven en la mano. Con los dedos cerrados sobre aquellas monedas, ella cantó una estrofa más. Gracias a esa breve actuación, transformó el caótico tren en una silenciosa sala de conciertos.

Lo que el viaje me brinda es una profunda alegría ante la vida y ante el mundo. Los mineros jamás piensan en todas las masas de piedra que tienen por delante: sus ojos se fijan siempre en la roca concreta con la que van a trabajar y la perciben en toda su singularidad. El corazón que admira convierte todas las rocas en piedras preciosas. Así pues, ¿quiénes son ricos? Las personas que pueden admirar. En cambio, aquellas que no están provistas de este don se encuentran entre los seres humanos más pobres de este planeta.

En su obra *Los alimentos terrenales*, André Gide escribe: «Contempla el atardecer como si el día debiera morir por él y la mañana como si por ella nacieran todas las cosas. *Que tu visión sea nueva en cada instante.* El sabio es aquel que se asombra por todo».*

---

* El fragmento entrecomillado se extrajo de la traducción de María Concepción García-Lomas de la obra de André Gide *Los alimentos terrenales. Los nuevos alimentos*, Alianza Editorial, Madrid, 2015, p. 32. *(N. de la T.).*

¿Qué palabras te gustaría dejar a la posteridad cuando te despidas de tu viaje por este planeta? ¿Qué consejo le darías a una nueva alma que está a punto de nacer en este mundo? ¿Le enseñarías la actitud de la *volvación* exponiéndole una larga letanía de cosas con las que debe tener cuidado en la Tierra? ¿O le hablarías de todo aquello que hay que admirar en este mundo y que puede despertar su entusiasmo a cada paso? ¡Menos trincheras, menos críticas y más asombro!

DEL VALOR DE LOS ENCUENTROS SIN NOMBRE

Reflexiones sobre la pimienta del agua en mi jardín

Dicen que el agua forma cristales de escarcha más hermosos cuando se le dedican palabras como «te quiero» o «gracias». Cada mañana salgo a la entrada de mi casa y saludo a mis pimientas del agua con un «¡buenos días!». Estas plantas son pequeñas, pero crecen de una forma fastuosa. No las planté yo: ellas mismas encontraron espontáneamente su camino hasta aquí y cada vez son más abundantes. En este tiempo han conquistado todo un rincón del jardín. En verano es cuando están más bonitas.

Buscando el nombre de este vegetal, tomé prestado en la biblioteca un diccionario enciclopédico sobre botánica y descubrí que se trata de una centinodia anual, más concretamente de una *Persicaria hydropiper*, nombre compuesto por el griego *hydro* («agua») y por el latín *piper* («pimienta»). Según la descripción que se daba en aquel libro, esta especie vive principalmente en el agua y crece ramificándose varias veces a partir del tallo. Los jardineros no la consideran especialmente valiosa, así que lo habitual es que, sencillamente, brote a los lados de los caminos. Apenas se utiliza en la gastronomía, pero todas sus partes, incluidas sus raíces, tienen propiedades medicinales. Existen más de quince tipos diferentes de esta planta. Las hojas y el tallo poseen un potente efecto antibacteriano y presentan un sabor picante. En Japón se utilizan los brotes basales como ingrediente para diversos platos de carne. En cambio, una de sus parientes, la conocida como *nudosilla*, carece de ese sabor. No sé de dónde viene el nombre de esta planta ni cómo se abrió paso en la terminología de la botánica, porque mi investigación acabó en ese punto.

En realidad, mi afán de conocimiento había resultado ser un error: en cuanto me enteré del nombre científico de la planta y descubrí sus características y propiedades, la magia y la curiosidad que ponía en mi saludo matinal se esfumaron. Tal vez fuera el efecto de un orgullo inconsciente por el nuevo saber que acababa de adquirir. La sistematización y la descripción botánicas se habían interpuesto entre la planta y yo. Cada vez que recibo alguna visita, le muestro la pimienta del agua y le transmito mis conocimientos. La planta, en cambio, parece alinearse más con Shakespeare, que puso en labios de Julieta las siguientes palabras, dirigidas a Romeo:

> *¿En un nombre qué hay? Lo que llamamos rosa*
> *aun con otro nombre mantendría el perfume.**

Hace algún tiempo reuní a un pequeño grupo de aficionados a la ornitología para organizar salidas conjuntas a la na-

---

* Estos versos se extrajeron de la edición bilingüe del Instituto Shakespeare, dirigida por Manuel Ángel Consejero Dionís-Bayer y con la colaboración de Jenaro Talens, de la obra de William Shakespeare *Romeo y Julieta*, Ediciones Cátedra, Madrid, 1988, p. 199. (N. de la T.).

turaleza. Cada vez que descubríamos, oculto entre las ramas, a alguno de nuestros amigos emplumados nos invadía una enorme alegría. Por desgracia, los pájaros son tímidos y no se atreven a acercarse a los humanos, así que, salvo en el caso de especies muy comunes, como los gorriones o los carboneros, resulta difícil identificarlos correctamente. Se suele pensar que no sabemos nada de un pájaro mientras no tenemos claro su nombre. Por eso invité a una charla a la presidenta de otra asociación ornitológica, que, como toda experta que se precie, vino provista de un voluminoso libro de ayuda para el reconocimiento de las especies y nos explicó el nombre y las características de cada tipo de ave que encontramos.

Pero también aquello resultó ser un error. Más aún: una tragedia. Una vez que nos aprendimos todas las denominaciones y que asimilamos todo ese saber complementario, los nombres nos venían a la cabeza tan rápidamente como volaban los propios pájaros, lo que impidió que entre aquellos animales y nosotros surgiera una especie de vínculo. Cada vez nos resultaba más difícil contemplarlos con el asombro propio de la ingenuidad. En lugar de exclamar «¡ah!», nos dedicábamos a soltar todo aquello que sabíamos acerca del ave en cuestión. En nuestro afán por identificarla, se nos escapaba su esencia. Lo que había detrás de nuestra actividad inicial era la vivencia pura, en la que el tiempo se detenía y el pensamiento se desconectaba, mientras poníamos toda nuestra atención en observar al animal, en mirarlo, simplemente. Pero el conocimiento de los nombres había hecho desaparecer aquel despreocupado vínculo.

Cada vez que descubría un picogordo chino, su gorjeo parecía citar un poema: «Me llamas por un nombre, pero me pregunto por qué no utilizas el mío de verdad».

Yo tengo muchos nombres. El que me pusieron mis padres es el que se considera el «correcto». Pero también tengo un pseudónimo bajo el que escribo: Ryu Shi Wa. Hay quienes, al oír ese nombre y ver mi cabello largo, me toman por una mujer. Cuando se dan cuenta de que soy un hombre, algunas de esas personas se sienten bastante decepcionadas. Mis amigos indios me llaman Shiva, porque Shi Wa se pronuncia igual que el nombre de este dios. Mi maestro Osho me dio el nombre de Swami Diyan Callis, que significa «pura meditación». Otro de mis maestros, Sukhdev Guruzi, me bendijo con el nombre de Anand Mukti: *anand* quiere decir «felicidad», y *mukti*, «libre de ataduras». Mi nombre tibetano, que recibí de Kapze Rinpoche, es Robsang Jamyang, que puede traducirse por «corazón noble». Lo que se pretende al conceder nombres de este tipo es que su portador les haga justicia en esta vida.

En nuestro grupo de aficionados a la ornitología me tocó por sorteo el nombre de Carbonero Variado, un pájaro con un hermoso plumaje. Me gustó. A otro miembro, en cambio, se le asignó el nombre de Cuervo Oriental, con el que quedó muy descontento, porque consideraba que esta denominación mermaba su prestigio.

Identificarnos con nuestro nombre es el primer paso para definirnos como «yo». Muchas veces, los niños pequeños hablan de sí mismos en tercera persona. Con el tiempo, el nombre y el yo se van fusionando —junto con el género, la nacionalidad, la formación, la profesión, el aspecto y hasta las enfermedades incurables— como parte de nosotros en calidad de individuos. Identificarnos con todos estos elementos nos impide acercarnos a nuestra esencia originaria, del mismo modo que un nombre se interpuso en su momento entre la pimienta del agua y yo mismo.

Mientras contemplamos esa planta sin saber cómo se llama, nos percatamos de aquello que vincula nuestras esencias: ella necesita el agua tanto como nosotros, y también se balancea cuando sopla el viento y se estremece cuando caen las heladas. En invierno regresa a la tierra y no vuelve a mostrarse hasta la siguiente primavera. Si dejamos a un lado el nombre, el género y la clasificación botánica y nos olvidamos de las diferencias entre humanos y plantas, nos daremos cuenta de que todos nosotros somos un canal de la fuente primigenia de la vida.

El filósofo francés Michel Foucault estaba convencido de que la epistemología era una teoría limitada, precisamente porque diferencia entre el «sujeto del conocimiento» y el «objeto del conocimiento». Aun cuando lo supiéramos todo acerca de la pimienta del agua —desde su nombre hasta sus aplicaciones, pasando por sus características—, eso no nos permitiría descubrir su secreto. En realidad, los datos no nos ayudan a conocerla de verdad: no son más que una cómoda herramienta para clasificar un objeto.

Lo cierto es que en la mayoría de los casos nuestro problema no es que no conozcamos lo suficiente, sino que creemos erróneamente que conocemos algo a fondo. Cuanto más concienzudamente estudiamos algo, menos sabemos acerca de ello. Aquí reside el misterio del ser. Aceptar las cosas tal y como son significa abrazar al mundo entero, y amar a alguien supone amar al mundo desconocido e infinito. En el momento en el que clasificamos y definimos a otro ser a través del nombre, del género y de la profesión, dejamos de aspirar a amar al mundo ilimitado simplemente por su mera existencia. En las tradiciones indígenas de Norteamérica, a todos los seres vivos se les llama «TÚ», sin más: es una muestra de respeto y amor en su forma más pura.

Así pues, si alguna vez nos conocemos en persona, no me digas cómo te llamas. Yo también me dirigiré a ti sin el lastre de mis múltiples nombres. Sería precioso que pudiéramos construir un vínculo entre nosotros antes de descubrir cómo nos llamamos. Solo así seguiremos conservando la llave que permite abrir la puerta secreta. En el Ser no hay ningún nombre. En él estamos más allá de cualquier denominación o clasificación, como misterios del universo que somos. En él podemos ser plenamente uno. En él, lo divino que hay dentro de mí puede conocer lo divino que hay dentro de ti; el fuego de mi interior accede al fuego de tu interior y el silencio absoluto de mi interior, al silencio absoluto de tu interior.

QUIEN AMA NO PASA DE LARGO DESCUIDADAMENTE

Proust y las rosas

Cierto día, Marcel Proust, autor de *En busca del tiempo perdido* y uno de los mejores escritores del siglo XX, fue a pasear por el jardín de un castillo en el sur de Francia junto con un amigo suyo, el compositor Reynaldo Hahn. Iban tan concentrados en su conversación que ambos se metieron sin darse cuenta en un rosal lleno de rosas chinas de color púrpura. Proust interrumpió inmediatamente su razonamiento y se paró en seco. Reynaldo hizo lo mismo. Entonces Proust reparó en la presencia de su amigo, por lo que no tardó en reanudar el paseo, pero apenas unos pasos más adelante volvió a detenerse y preguntó: «Disculpa, pero ¿te importaría que me quedara aquí un momento? Tú sigue, yo te alcanzo ahora. Quiero volver a contemplar las rosas que acabamos de dejar atrás».

Así pues, Reynaldo continuó solo. Cuando, en el siguiente cruce, volvió la vista atrás, vio a Proust regresar hacia el rosal y quedarse allí, inmóvil. Con la cabeza inclinada y el gesto serio, admiraba las flores, y en esta misma posición, con la frente ligeramente arrugada, se lo volvió a encontrar Reynaldo cuando llegó por segunda vez a aquel punto después de dar una vuelta entera al parque.

Solo cuando su amigo se acercó, Proust salió de su ensimismamiento. «¿Estás enojado?», quiso saber.

Reynaldo lo negó con una sonrisa y ambos continuaron su conversación como si nada de aquello hubiera pasado. Por respeto a su amigo, Reynaldo no le hizo preguntas acerca del rosal, algo que en parte se explica también por el hecho de que esta escena se repetía a menudo. De hecho, en su diario anotó lo siguiente: «¡Con cuánta frecuencia vivimos momentos enigmáticos como este! En aquellas situaciones, Marcel se fundía completamente con la naturaleza, la literatura y la vida. En sus "momentos de ensimismamiento", su yo se hacía uno con las cosas».

Proust basó la acción de sus novelas en la interacción con los seres humanos, pero se inspiró en los momentos contemplativos que vivió frente a un arbusto corriente o frente a un rosal. Padecía de asma severa y por eso no podía soportar la luz del sol, el ruido de la calle y los perfumes, lo que lo obligaba a menudo a escribir en espacios cerrados. Este sufrimiento, que comenzó ya a la edad de 9 años, lo martirizó hasta el fin de sus días. Acercarse a una rosa o a cualquier otra flor siempre suponía para él una situación de riesgo, porque en cualquier momento podía caer en una crisis. Escribir sus libros le supuso un enorme esfuerzo. Además, dado que no consiguió encontrar ninguna editorial que se interesara por ellos, no le quedó más remedio que publicarlos él mismo. Hay una célebre anécdota al respecto: el propio André Gide criticó ferozmente la obra maestra *En busca del tiempo perdido* y se negó a publicarla. Por si fuera poco, Proust era propenso a la melancolía.

A pesar de todas estas dificultades, el recuerdo de aquellas cosas que se le habían mostrado en toda su vitalidad se convirtió en la fuerza motriz de su escritura. En los instantes de ensimismamiento, sentía que dejaba de ser «un ser insignificante y cualquiera». Según sus propias palabras, «si podemos contemplar el milagro de una única flor, toda nuestra vida cambiará». Su obra principal gira en torno a la pregunta de cuántos momentos de este tipo pasamos por alto a lo largo de nuestra existencia.

Cuando miramos a nuestro alrededor con atención, nos damos cuenta de que, en el fondo, todas las cosas tienen una vida propia: es lo que en ocasiones se denomina el «destello divino». Es eso lo que hace que cada una de ellas sea singular y misteriosa. Como supieron reconocer ya los filósofos de la escuela vedanta, no hay nadie más ciego que quien no quiere ver, ni más sordo que quien no quiere oír.

Hemos nacido para ver y para sentir. No necesitamos convertirnos en nada más. Hemos venido a este mundo con un alma capaz de profundizar en la contemplación de la belleza. Este don de la contemplación y de la emoción nos proporciona la fuerza necesaria para superar los problemas de la vida y, en general, para enfrentarnos a la existencia. Daniel Gilbert, profesor de Psicología de Harvard, sostiene que «lo que determina nuestro nivel de felicidad no es el origen ni el entorno. Todo depende más bien de nuestra capacidad para concentrarnos en los momentos del día a día».

Un discípulo preguntó: «¿Dónde debo buscar la iluminación?». Su maestro le respondió: «Aquí».
—¿Y cuándo llegará el momento de hacerlo?
—Ese momento es ahora.
—Pero entonces ¿por qué no la encuentro?
—Porque no estás mirando bien.

—¿Qué es lo que se supone que tengo que ver?

—Nada en especial. Simplemente, mira. Mira cada cosa sobre la que se posen tus ojos.

—¿Debo observar de alguna forma especial lo que vea?

—No. Limítate a hacerlo como siempre.

—Pues eso es lo que estoy haciendo.

—No, no lo estás haciendo.

El discípulo quiso saber: «¿Por qué cree usted que no veo?».

El maestro respondió: «Porque para ver tienes que estar en el aquí y el ahora. Sin embargo, nuestra mente está casi siempre en otro lugar».

Mirar de verdad es un acto de amor. El alma de quien vive superficialmente, sin ver el mundo con sus ojos, sufre. Cuando miramos algo de forma intensa, comprendemos, y cuando comprendemos, amamos.

Solo hay una pregunta: «¿Amas el mundo?».

Quien ama no pasa de largo descuidadamente.

> En ocasiones, lo que parece ser un rodeo se revela más adelante como un atajo que nos ha conducido a regalos o encuentros inesperados. Con frecuencia, el camino se bifurca y la senda que elegimos nos lleva a veces por un terreno impracticable. Pero incluso cuando pensamos que nos hemos apartado de nuestra ruta, en el momento en el que, al fin, alcanzamos nuestro destino, nos damos cuenta de que no había ningún otro camino más corto (o, sencillamente, no había ningún otro camino) para llegar hasta allí. Todo lo que tenemos que hacer es encontrarlo y avanzar.

NUNCA ESTAMOS SOLOS EN NUESTRO VIAJE
Encuentros con almas gemelas

Una estadounidense que había vivido largo tiempo en Asia abrió en la periferia de San Francisco un pequeño templo para la meditación. Dado que nadie la conocía ni había oído hablar de aquel centro, el espacio, con sus treinta cojines, siempre estaba vacío. Cada día la mujer entraba, se colocaba en primera fila, se sentaba en la postura del loto y meditaba. Habría podido anunciar su establecimiento en la prensa local y en las revistas especializadas, pero no lo hizo ni una sola vez. Simplemente, preparó un letrero y lo colgó en la entrada. Sin embargo, como era muy pequeño, nadie lo veía. Así pues, cada mañana y cada tarde se sentaba en aquel lugar durante dos o tres horas, completamente sola, acompañada exclusivamente por los cojines, a los que nadie daba uso.

Una amiga observó esta rutina a lo largo de más de seis meses, hasta que un día se decidió a preguntarle: «¿No te resulta difícil quedarte tanto tiempo sentada en la postura del loto, sola, meditando, sin que venga nadie?».

«¿Pero qué dices? —objetó la mujer—. En todo este tiempo todavía no he practicado el *zazen* ni una sola vez en soledad». Cuando su amiga la miró estupefacta, le explicó, sonriendo: «Cuando me siento y medito, todas las personas que están meditando en este mundo se sientan a mi lado. Como llegan desde el pasado y desde el presente, este espacio siempre está repleto. Entre todos, observamos nuestra respiración y meditamos juntos. Quien medita franquea las fronteras del tiempo y el espacio y se une espiritualmente a los demás. Por eso nunca estoy sola en este lugar».

Impertérrita, practicaba cada día su *zazen* en aquella comunidad espiritual. Poco a poco fueron llegando otras personas, que se sentaban sobre los cojines. Al cabo de un tiempo, todos estaban ocupados y el templo se convirtió en el centro de meditación más popular de San Francisco.

No hay camino que recorramos solos. Hagamos lo que hagamos y vayamos adonde vayamos, todo aquel que ya haya recorrido la misma senda o que esté caminando justo en este momento por ella queda vinculado espiritualmente a nosotros y nos acompaña en nuestro viaje. Todos lo recorremos juntos. Así lo dispone la ley del universo: las ondas de la misma longitud vibran en armonía y toda la energía del cosmos se mantiene. Nada se pierde.

Cuando estoy traduciendo algún libro sobre meditación, tengo la impresión de que su autor se sienta a mi lado para ayudarme en mi labor. Esté vivo o muerto, su alma o su conciencia se reúne conmigo y contribuye al resultado. Cuando esta cooperación funciona bien, traducir me resulta mucho más sencillo. Dados mis insuficientes conocimientos lingüísticos, si diera por sentado que tengo que trasladar yo solo todo el contenido de un libro a otro idioma, no me habría atrevido a aceptar muchas de las obras con las que he trabajado, y menos aún habría podido producir un buen texto. Cuando me tropiezo con frases cuyo sentido se me escapa en un primer momento, siento que el autor me explica, a través del tiempo y el espacio, su significado. Esto es válido especialmente en el terreno de la poesía, donde resulta casi imposible hallar las palabras correctas sin la ayuda del escritor. Todos los autores cuyas obras he traducido hasta ahora me han acompañado de esta forma, han participado en mi reflexión y me han apoyado. A veces tengo la impresión de ser un mero canal para la transmisión de sus pensamientos. Ese es el secreto de mi trabajo.

Tampoco cuando me encuentro en el extranjero —en la India, en el Tíbet o en Nepal— estoy solo. Siempre viajo en compañía de aquellos que me han precedido. Les abro mi corazón y confío en sus consejos. Al hacerlo, mi miedo desaparece y los caminos se abren. Me vuelvo más fuerte y, al mismo tiempo, más sensible.

En cambio, cuando nos cerramos y nos aislamos, nos volvemos más débiles. En lugar de ello, yo abro mi conciencia y me imagino que las personas que en el futuro acudirán a este mismo lugar están ahora conmigo, buscando también el camino. Gracias a ello, el viaje se convierte en una experiencia dichosa, placentera. Si contemplara todo este proceso como un «viaje en solitario», el intercambio con mis ayudantes invisibles se bloquearía. Cuando solo contamos con el mundo tangible, movilizamos únicamente una parte de nuestra energía.

Ya sea en los sofocantes desiertos de Rajastán, en medio de una ventisca sobre el Muktinath, en una tetería situada en alguna de las callejuelas de Benarés o, de noche, en la habitación de un hostal, enfrascado en la escritura de un cuaderno de poemas: en ninguna de esas situaciones he estado solo. Siempre he tenido a mi lado a una serie de acompañantes invisibles que ahuyentaban mi soledad.

¿No sería magnífico que grandes pintores como Van Gogh, Monet, Lee Jung-seob o las almas de otros artistas que vibran en la misma longitud de onda te ayudaran a la hora de pintar? Imagínate sentado, con los ojos cerrados para meditar, y, a tu lado, a personas como Krishnamurti, Osho, Ramana Maharshi o Thich Nhat Hanh.

Alguien me contó en cierta ocasión que pudo sentir que el dalái lama estaba a su izquierda mientras meditaba y que, cada vez que se inclinaba en señal de reverencia durante la oración, él se inclinaba también. Aquello le reconfortó el corazón y le hizo sentirse arropado como un niño. En los momentos especialmente sublimes, conseguía incluso ver a través de su ojo espiritual cómo infinidad de personas meditaban a su lado o tras él y se inclinaban, en un movimiento sincrónico, al mismo tiempo que él lo hacía.

Su relato no es ni mucho menos exagerado. Todo lo que realizamos vibra en una frecuencia determinada y de ese modo atraemos a seres que se mueven en la misma longitud de onda. Eso es lo que nos permite cambiar y crecer. Por muy oscuro que sea el camino, jamás lo recorremos solos. Quien cree estar solo es porque no ve a esos muchos otros seres que van a su lado y, por tanto, se pierde la alegría de esta armonía que se propaga por el espacio y el tiempo. Es habitual pensar que en esta vida solo nos tenemos a nosotros mismos, pero no existe ni un solo camino en todo el mundo que tengamos que recorrer en soledad. Y, aun así, seguimos pensando que no hay nadie a nuestro lado...

Antes de mí, muchas otras personas recorrieron el camino por el que avanzo ahora. En estos momentos me encuentro de viaje, pero detrás de mí vendrán otros. Y, aunque solo sea por eso, no estoy solo.

La poeta Emily Dickinson nació en Amherst (Massachusetts) y durante toda su vida no salió de esa pequeña localidad. Siempre se quedaba en casa, escribiendo poemas, y evitaba los actos sociales. Era una mujer de la tierra, apenas tenía contacto con otras personas y no llegó a ver sus obras publicadas. Sin embargo, cada vez que escribía un poema se sentía rodeada de autores de todo el mundo. Se refería a aquellos compañeros que le hablaban a través de los libros como sus «más cercanos amigos del alma», «miembros del mismo pueblo». Así pues, jamás estuvo sola mientras componía sus versos. Sus obras no se descubrieron hasta después de su muerte. Hoy en día se le considera una de las voces poéticas más extraordinarias del siglo XIX.

La idea de que somos seres que viven aislados es, estrictamente hablando, una fantasía fruto de nuestros pensamientos rutinarios, de nuestros juicios estereotipados y de nuestras percepciones limitadas. Se trata del principal malentendido en torno a la esencia de nuestra vida. Si despertamos de nuestra ignorancia, conseguiremos ir más allá de nosotros mismos y vincularnos a los seres que se encuentran en la misma longitud de onda, al otro lado del tiempo y del espacio.

En otras palabras: cuando un buda medita, todos los budas del pasado, del presente y del futuro se reúnen para meditar con él. Hagas lo que hagas y tomes el camino que tomes, no pienses que tendrás que enfrentarte tú solo a los retos. Simplemente, se trata de encontrar ese canal secreto y poco transitado.

EL LARGO CAMINO HACIA TI

*Dios nos hace perdernos
para mostrarnos el camino correcto*

Hace quince años, en una fría mañana de invierno, viajaba en el tren que cubre la ruta Nueva York-Boston para visitar el Walden Pond, ese lago en medio del bosque al que el naturalista Henry David Thoreau se retiró para vivir en conexión con la naturaleza. Llevaba conmigo un mapa, pero como aquella región me era completamente desconocida, tomé la precaución de preguntar a otro viajero por cómo llegar hasta Concord, la pequeña ciudad en cuyas proximidades se encuentra el lago.

Aquel hombre jamás había oído hablar del Walden Pond, pero me explicó amablemente que justo al lado de la estación de ferrocarril de Boston había una terminal desde la que partían los autobuses interurbanos. Seguramente alguno de ellos me llevaría a Concord. Una vez en Boston, gracias a sus indicaciones encontré sin problemas el camino y comprobé, para mi alegría, que cada hora salía uno. Así pues, no tendría que esperar demasiado. Ocupé mi asiento en el autobús con dirección a Concord.

Precisamente aquel día se había desatado una intensa nevisca y sentí de una manera muy viva el invierno del noreste de Estados Unidos, un área conocida por sus grandes nevadas. Apenas se veía algo. Los árboles y el bosque habían desaparecido por completo en medio de un mundo blanco. Concord, al que en condiciones normales se llega en treinta minutos desde Boston, no se decidía a aparecer, a pesar de que el autobús llevaba ya más de tres horas luchando en medio de la tormenta. Para mí era evidente que, dada la situación meteorológica, teníamos que moderar la velocidad, pero poco a poco aquella tardanza me fue inquietando.

Finalmente el autobús se detuvo delante de un edificio en el que podía leerse la palabra «Concord». Alrededor de nosotros se extendía un paisaje infinito de nieve, nieve y más nieve. Me dirigí entonces al edificio de la estación y pregunté al empleado de la ventanilla cómo podía llegar a Walden Pond. Después de cierto estira y afloja, en el que participó una multitud cada vez más nutrida de gente que se acumulaba a mi alrededor, descubrí que no había llegado a la pequeña ciudad de Concord, en la periferia de Boston, dentro del estado de Massachusetts, sino a otra localidad del mismo nombre, situada mucho más lejos, que era capital del estado de Nuevo Hampshire. ¡Qué error más tonto!

La empresa de autobuses se apiadó de mí —pobre viajero del Lejano Oriente— y me llevó de vuelta gratuitamente a Boston. Cuando, después de tres horas de trayecto a través de la nevisca, volví a encontrarme en mi punto de partida, el día estaba ya muy avanzado. Por un instante vacilé, porque no sabía si encontraría alojamiento en el Concord «correcto» tan tarde, pero tampoco quería esperar al día siguiente, así que le hice una señal a un taxi para que se detuviera y pedí a su conductor que me llevara hasta el lago.

Aquella vez llegué a mi destino en menos de treinta minutos. El lago era mayor de lo que me había imaginado. La superficie del agua, congelada, y los árboles, desnudos por el invierno, me saludaron a la pálida luz del ocaso. Así pues, este era el lugar en el que Thoreau, después de terminar sus estudios en Harvard, se construyó una cabaña de madera para darle la espalda al materialismo del mundo civilizado y confiar en el trabajo que podía realizar con sus propias manos, precisamente en una época en la que el resto del mundo aspiraba al éxito. Emocionado, permanecí de pie en aquel rincón en el que el autor escribió su obra maestra, *Walden*: en cierto modo, la biblia del siglo XIX.

Entretanto, el taxi había desaparecido en medio de la nieve. Me acerqué a la orilla, decidido a recorrer todo el perímetro del lago antes de que oscureciera. En un día como aquel no había ni un alma en la zona. Sin embargo, a mitad del camino me encontré con un anciano de cabello canoso. Pareció sorprendido de que, de repente, hubiera surgido ante él un asiático de cabello largo. Nos saludamos y, como si aquello fuera lo más normal del mundo, empezamos a conversar.

Me explicó que hacía cuarenta años, después de leer el libro de Thoreau, había decidido mudarse a Concord para vivir conforme a las ideas de este naturalista. Continuamos juntos nuestro camino y charlamos acerca del Walden Pond y de Thoreau, hasta que se apagó el último rayo de sol. Y, en un gesto de lo más natural, me invitó a quedarme en su casa, donde cenamos y estuvimos charlando sobre la vida hasta altas horas de la madrugada.

Al día siguiente, aquel hombre me acompañó hasta la cabaña de Thoreau, recién restaurada, y hasta la casa en la que nació Emerson, el maestro de este naturalista. Deposité una flor sobre la tumba de cada uno de ellos, y otra más en la de Nathaniel Hawthorne, autor de *El gran rostro de piedra* y de *La letra escarlata*, y también en la de Louisa May Alcott, creadora de *Mujercitas*, que yacen junto a Thoreau. Concord es una pequeña ciudad, pero es la cuna de multitud de grandes pensadores y escritores. En ella viven aún unos doscientos autores.

Acabé quedándome varios días en casa de mi anfitrión. Cada mañana y cada noche dábamos un paseo alrededor del Walden Pond. Pronto, dejamos de notar la diferencia de edad que había entre nosotros y nos convertimos en buenos amigos, capaces de entendernos mutuamente. Para él, yo era mucho más que un visitante llegado por casualidad. Estaba luchando contra un cáncer, pero Thoreau y el lago le habían ayudado a encontrar lucidez mental y espiritual.

Si el primer día yo hubiera llegado directamente al Walden Pond en lugar de dirigirme hasta el Concord equivocado, me habría perdido la oportunidad de conocer a esta alma, verdaderamente hermosa. Desde fuera tal vez se podría pensar que en aquel momento di un enorme rodeo para viajar hasta el lago, pero en realidad fue un atajo: el camino directo hasta ese hombre. A menudo recorremos muchas millas y damos multitud de rodeos antes de encontrarnos, a través de un milagro, con una persona determinada o un lugar especial.

Tomar el camino más largo: ese es precisamente el secreto del viaje y de los giros de la vida. Un camino más recto y sin equivocaciones nos arrebata la posibilidad de asistir a su nacimiento y a su desarrollo. A menudo, el camino se bifurca y la senda que elegimos nos lleva a veces por un terreno impracticable. Pero incluso cuando pensamos que nos hemos apartado de nuestra ruta, en el momento en el que, al fin, alcanzamos nuestro destino, nos damos cuenta de que no había ningún otro camino más corto (o, sencillamente, no había ningún otro camino) para llegar hasta allí.

Por eso de cuando en cuando deberíamos plegar los planos de las ciudades, con su inventario de calles, y guardárnoslos en la mochila. Sin su ayuda para la orientación, no será extraño que aterricemos en algún lugar en el que encontremos algo que nos guste especialmente. Un camino equivocado también puede conducirnos al destino correcto. Dios nos hace desviarnos de nuestra senda para mostrarnos el camino conveniente.

Exactamente como me ocurrió en mi excursión al Walden Pont, hay épocas en las que tenemos que ir a un lugar lejano para encontrar algo cercano. Decía el poeta Rumi: «Llegué a ti a través de múltiples rodeos, pero ese era el camino directo». También Tagore lo proclamaba: «El camino más lejano hacia ti es el más cercano».

EN BUSCA DE UNA VISIÓN

*La vida empieza cuando
salimos de nuestra zona de confort*

Los indígenas norteamericanos practican un rito de iniciación denominado *vision quest* o «búsqueda de visión», que en la lengua de los siux lakotas se denomina *hanbleceya*, algo así como «grito después de un sueño». Se trata de un viaje espiritual que marca el tránsito desde la adolescencia hacia la edad adulta y en el que la persona que lo realiza accede a una visión sobre su propia vida. Esta ceremonia se celebra de un modo parecido en muchos otros pueblos nativos. Algunas tribus la califican de «ascensión a la montaña».

Cuando llega el momento, el adolescente se limpia el cuerpo en una cabaña de sudar —una especie de sauna de vapor— perfumada con salvia y, a continuación, sube solo a una montaña. Una vez en la cumbre, debe formar un círculo con varias piedras y sentarse en el centro, con las piernas cruzadas. Allí esperará varios días, despierto y sin moverse, en ayunas y sin tomar ni una sola gota de agua, para conocer el «Gran Secreto» (que es la expresión que utilizan las tribus indígenas de Norteamérica para referirse a lo Absoluto). En medio del silencio, aguardará la manifestación divina. Se trata de una dura prueba para un adolescente, que vive así por vez primera el sufrimiento que supone tratar de controlar su propia vida. Como recompensa, recibirá una visión que le mostrará su futuro.

Bear Heart, de la tribu de los creek, explica que la búsqueda de visión representa un viaje hacia nosotros mismos, así como un renacimiento espiritual: «En la búsqueda de visión el objetivo es, fundamentalmente, responder a la pregunta "¿quién soy yo?". Para superar ese reto, es necesario desarrollar una fe inquebrantable en lo que nos constituye. La respuesta no puede venir del exterior: debemos encontrarla dentro de nosotros. El orgullo, la impaciencia y el miedo bloquean en nuestro interior el mensaje del Gran Secreto».

En la cima de la montaña, el adolescente, solo en mitad de la naturaleza, ruega a los dioses que respondan a sus preguntas: «¿Quién soy yo?», «¿Por qué vine a este mundo?», «¿Qué debo hacer aquí?». O, mejor dicho, escucha atentamente su interior...

El joven que se somete a este ritual no puede llevarse nada consigo. Para que se produzca la transición de niño a adulto, es necesario que deje atrás su antiguo yo. Así pues, en los primeros momentos de esta búsqueda espiritual se pone a prueba su fortaleza mental. Durante el ritual, empezará a ver el mundo con nuevos ojos. Libre de las influencias externas, comprenderá el sentido y la importancia de la vida que le fue dada.

A lo largo de la búsqueda de su visión, se encontrará con su tótem —oso, lobo o águila—, que desde ese momento y hasta el final de sus días lo protegerá y acompañará. Pero esta no es una superstición primitiva: la sensación de estar vinculado a las fuerzas de la naturaleza es un valioso contrapeso que permite contrarrestar la soledad que entraña la vida antropocéntrica.

Una vez concluido el ritual de iniciación, el joven adulto volverá a someterse a una ceremonia de purificación en la cabaña de sudar y regresará a su entorno. En ese momento se le aceptará en el mundo de los adultos.

Todos nosotros hacemos balance de nuestra vida al menos una vez a lo largo de nuestra existencia. Después de terminar mis estudios en la universidad, pasé un tiempo cambiando de trabajo como quien cambia de camisa. Aceptaba los empleos tal y como me llegaban. A veces también colaboraba con una editorial de libros y revistas. No podía ponerme tiquismiquis: al fin y al cabo, tenía que pagar mi renta y vivir de algo. Sin embargo, a menudo me surgían dudas y tenía la impresión de que me faltaba perseverancia. Un día me propuse averiguar cuál era la dirección en la que deseaba moverme en la vida y descubrir qué era lo que de verdad anhelaba. ¿Qué camino debía tomar para no tener que arrepentirme más adelante? No quería seguir sin objetivos, dejándome llevar sin más.

Cuando la editorial me ofreció el puesto de jefe de redacción, decidí subir, en una noche en la que brillaba la luna, al monte Bukhansan, junto a Seúl, para poner orden en mis pensamientos. En mi mochila solo llevaba una botella de agua. Por primera vez comprobé que las piedras pueden iluminar. También brillaban los árboles, como si alguien estuviera vertiendo luz sobre ellos, y así me señalaban el camino en medio de la oscuridad. Es cierto eso que se dice de que en medio de las tinieblas siempre hay algo que nos guía. No había un alma por los alrededores. Continué mi ruta, me fui asomando de vez en cuando a los promontorios y observé el mundo que se extendía a mis pies. Sentí cómo mi corazón se abría más y más en mi interior. Gracias a las nuevas perspectivas a las que conseguí acceder, se me reveló el camino que me estaba reservado.

Me quedé toda la noche allá arriba, en la montaña, y cuando, ya al amanecer, emprendí el camino de regreso, tomé conciencia de que algo en mí había cambiado. Súbitamente sentí en mi interior la fuerza necesaria para enfrentarme al mundo. Incluso mis preocupaciones económicas se habían calmado. De repente, empecé a creer en que la materia sigue a los pensamientos.

Según algunos estudios psicológicos, el 80% de nuestras decisiones se basa en el miedo. No es la voz de nuestro corazón lo que nos lleva a elegir el camino que vamos a seguir: es el temor. Sin embargo, nuestra mente asustada nos impide hacer realidad nuestra visión vital y —una consecuencia aún más evidente— rara vez nos aporta las mayores alegrías.

Rechacé la oferta de la editorial y durante más de un mes subí una y otra vez a aquella montaña. Solo más tarde conocí la cultura de los indígenas norteamericanos y comprendí que mi camino hacia la exploración interior —que había emprendido con poco menos de 30 años y que la gente de mi entorno interpretó entonces como una huida de la realidad— era, en definitiva, mi *vision quest*. En ese mes senté las bases para seguir avanzando sin titubeos ni vacilaciones. Las ideas que hasta hoy me han guiado en la vida surgieron precisamente en aquel periodo.

«Sigue el camino de tu corazón y no temas».

Esa era la frase que, clara y nítida, escuché en mi interior durante la búsqueda de mi visión.

Vale la pena que nos tomemos un tiempo para realizar un rito de paso antes de entrar en la siguiente etapa de la vida: un paréntesis en el que, durante un tiempo, nos retiremos del mundo y nos concentremos exclusivamente en nosotros, hasta que el «Gran Secreto» nos revele el sentido y el objetivo de nuestra existencia. Eso nos proporcionará la confianza necesaria para avanzar por el camino que queremos para nosotros. No hay nada más importante que saber si aquello que deseamos en este momento también nos seguirá pareciendo deseable en el futuro. En Occidente se ha extendido una interpretación un tanto diferente del concepto de búsqueda de visión, que se ha acabado convirtiendo en una etiqueta aplicada a una especie de «ecoaventura». Sin embargo, en su sentido primigenio se trata de regresar al seno de la madre naturaleza para sentir el significado de la veneración y encontrar una nueva orientación en la vida.

Si en estos momentos estás rodeado de conflictos y problemas para los que no ves salida alguna, si te estás planteando un giro de timón o si sufres por las dificultades que entraña crecer, es hora de partir en busca de tu visión. La vida empieza en el instante en que salimos de nuestra zona de confort. Tenemos que desprendernos del pasado y salir rumbo a nuestro nuevo yo, abandonar la zona segura y ampliar nuestros horizontes. La poeta estadounidense Mary Oliver planteó las siguientes preguntas en su poema «El día de verano»:

¿No es cierto que al final todo muere, y que muere, además,
[demasiado pronto?
Dime, ¿qué piensas hacer con tu única, salvaje y preciosa vida?

¿QUÉ PASARÍA SI NO PUDIÉRAMOS REÍR?

Por qué debemos contemplar nuestra vida como si fuera un juego

Un estadounidense viajó al sudeste asiático, se rapó la cabeza y se hizo monje. Vivía en un monasterio situado en medio del bosque. Cierto día, salió de viaje junto con los demás monjes en una camioneta. El abad se sentó en el asiento del copiloto, mientras que él, novicio, se instaló con sus compañeros locales en un asiento de madera colocado en la parte posterior. La mayoría de las carreteras aún estaban sin asfaltar y repletas de baches. Al conductor aquello, sencillamente, no le importaba. Cada vez que las ruedas pasaban traqueteando por un charco, los pasajeros del fondo salían disparados hacia arriba y se golpeaban la cabeza contra los travesaños de hierro del techo. ¡Cuántas veces debió de dañarse el cráneo aquel espigado monje de Occidente!

Cuando esto sucedía, soltaba sistemáticamente una blasfemia (en inglés, naturalmente, para que los locales no lo entendieran). Como llevaba la cabeza rapada y no había nada que amortiguara el contacto, los golpes le dolían aún más. Se frotaba el cráneo mientras despotricaba salvajemente. Cuanto más se golpeaba, peor se sentía.

En cambio, cuando los monjes del país chocaban contra el techo, ¡se miraban los unos a los otros y estallaban en carcajadas! El estadounidense fruncía el ceño sin entender nada. ¿Qué había de divertido en hacerse daño constantemente en la coronilla? Mientras sacudía la cabeza, pensaba que probablemente a ellos les habían dado tantos coscorrones en su infancia que habían acabado sufriendo algún tipo de daño cerebral.

Sin embargo, como sus compañeros de fe no parecían estar pasándolo especialmente mal, decidió probar a reaccionar como ellos. Al siguiente golpe, se unió ostentosamente a la carcajada general. Eso le permitió hacer un descubrimiento sorprendente: ¡si se reía, el choque resultaba mucho menos doloroso! De hecho, sufría bastante menos que cuando daba rienda suelta a su ira.

Después de leer esta historia, decidí probar por mí mismo su enseñanza. En la India y en Nepal, el medio de transporte más utilizado es el mototaxi de tres ruedas. Las carreteras se encuentran en unas condiciones deplorables, los taxistas tienen un estilo de conducción poco cuidadoso y los techos de los vehículos, formados por travesaños de hierro y una lona impermeable, son bajos. Inevitablemente, los pasajeros suelen golpearse la cabeza, sobre todo si tienen una altura como la mía. Pues bien, los choques me resultaban tan dolorosos que estuve a punto de perder el sentido. Sin embargo, cuando me reía a carcajadas, ¡el dolor era mucho menor! Y algo más: olvidaba el sufrimiento mucho más rápido. Es como si no penetrara tanto en mi conciencia, así que pensaba en él durante menos tiempo. Sencillamente, cada vez que me reía dejaba de recordarlo. Si entramos en contacto con la sustancia urticante que secretan ciertas plantas y a continuación nos rascamos, en lugar de aliviarnos el picor provocamos que los elementos urticantes se extiendan aún más.

Antes, cada vez que me golpeaba la cabeza me enojaba y regañaba al taxista para que tuviera más cuidado. Sin embargo, ahora me echo a reír, lo cual provoca que también ese pobre conductor se ría y que los demás pasajeros del mototaxi se acaben contagiando. Reírnos juntos permite que el dolor se desvanezca.

Y también genera otro efecto: los conductores de mototaxis suelen ser pobres y tienen muchas bocas que alimentar en su familia. De hecho, a menudo el vehículo ni siquiera les pertenece. Convertirlos en blanco de mi ira provocaría que llegaran descontentos a casa y descargaran su mal humor sobre su mujer o sus hijos, algo que, seamos o no conscientes de ello, generaría más enojo en el mundo, con lo que la ola de insatisfacción se extendería más y más, hasta que en algún momento se daría la vuelta y regresaría a mí.

En cambio, si respondo a los golpes en la cabeza con una risa, es posible que el taxista también se ría cuando, en su círculo familiar, se encuentre con una situación similar, y tal vez ni siquiera pierda la calma en los momentos más críticos. Es como si me encontrara a orillas de un lago y mi risa fuera una piedra que arrojo al agua: formará círculos concéntricos que se extenderán en todas las direcciones. Cuando río, en otros lugares ríen también otras personas de las que no sé nada. Y, gracias al efecto mariposa, mi acción no solo generará un impacto en otros individuos que se hallan lejos, sino que también tendrá un efecto sobre mí mismo.

La risa alivia el dolor. Es un dato científicamente probado. Las endorfinas que se liberan en el cerebro tienen un efecto analgésico más potente incluso que el de la morfina. Induce una sensación de bienestar y mejora el suministro de oxígeno al organismo. Cuando reímos, nuestros pulmones y nuestro corazón trabajan al doble de velocidad, por lo que se produce una euforia similar a la que aparece cuando practicamos deporte. Un estudio asegura que diez minutos de risa bastan para contener el dolor durante dos horas. Además, las imágenes del aura humana permiten constatar que después de reír los colores oscuros se aclaran. De hecho, cambia incluso el aura de los observadores que permanecen junto a los sujetos estudiados.

En un experimento realizado por encargo de la cadena británica de televisión BBC se seleccionó a varios participantes que declaraban ser infelices. De acuerdo con el plan previamente definido, a esas personas se les pidió que, en casa, se situaran frente a un espejo y empezaran a reír, aunque no tuvieran motivos para hacerlo. Durante los seis meses que duró aquel estudio, un equipo de periodistas acompañó a los participantes en su día a día y constató que su nivel de felicidad mejoraba significativamente.

¿Qué haríamos si no existiera la risa? ¿Lloraríamos cada vez que nos golpeáramos y nos hiriéramos? ¿Nos enojaríamos terriblemente cuando alguien nos culpara de algo, con razón o sin ella? ¿Qué cambiaría? Un proverbio indio dice: «No hay ningún bosque que esté formado solo por sándalos». La madera de sándalo es la de mejor calidad, pero ningún bosque se compone exclusivamente de estos árboles. No existe ningún alma inmune a las heridas. Se dice que Dios no se ríe de sus criaturas, sino con ellas.

Hay una historia que me encanta: según la tradición del jasidismo —una corriente místico-religiosa del judaísmo—, los seres humanos se reúnen tras su muerte con los espíritus de todas las personas que han conocido a lo largo de su vida. En un prado de algún rincón del cielo, todos ellos se sientan en círculo y recuerdan lo que les sucedió durante su existencia. Mientras cada uno relata sus experiencias, los demás se parten de la risa. En vida, todos habían sido conscientes de que tarde o temprano morirían, pero habían apartado esa idea de su mente y se habían dedicado a enojarse por cualquier nimiedad. Habían luchado y se habían aferrado a la vida con una seriedad mortal porque habían olvidado contemplar la existencia como un juego y, en consecuencia, habían dejado de divertirse. Así, al final todos repasaban su existencia terrenal y se doblaban de la risa.

Los sabios jasídicos creen que las almas que no aprenden esta lección se ven obligadas a regresar a la tierra. Todos nos tomamos la vida «demasiado en serio», una y otra vez.

MI CANCIÓN PERSONAL

Vivir a nuestro propio ritmo

Se dice que en África oriental existe una tribu que fija de una forma muy peculiar la fecha del cumpleaños de cada niño: la elige teniendo en cuenta el día en que su madre pensó por primera vez en él, es decir, considerando la concepción sentida, y no la material. Así pues, el cumpleaños no se corresponde con el día en el que el bebé vino al mundo.

Cuando en el corazón de una mujer anida la idea de un niño, ella debe abandonar la aldea, adentrarse en el bosque y sentarse a los pies de un árbol para orar y meditar. Los miembros de esta tribu también creen que cada alma posee su propia canción.

La mujer, provista de una cantidad mínima de agua y alimento, se queda en ese lugar durante días enteros hasta que se le revela la canción del bebé al que dará a luz. Cuando al fin oiga una melodía procedente de un mundo desconocido para ella, regresará a la aldea para comunicárselo a los demás habitantes. Les cantará la canción y todos la acompañarán para dar la bienvenida al niño y animarlo a venir a este mundo.

La mujer también entonará la melodía junto con el futuro padre antes de yacer con él. Así pues, la canción desempeña un papel especial incluso antes del nacimiento. Representa al bebé como si ya estuviera aquí.

Para esta tribu, quien no posee una canción propia no existe. Así como cada persona tiene un objetivo y una misión diferentes en su vida, que son los elementos que le confieren su identidad, cada uno cuenta también con una melodía exclusiva e inconfundible.

Durante el embarazo, la futura madre cantará a su niño aún no nacido, con la ayuda de otras mujeres de la aldea, que entonarán la melodía una y otra vez a lo largo de esos nueve meses y, tras el parto, se colocarán en círculo para saludar al bebé, también cantando.

Así pues, el niño quedará estrechamente vinculado a la aldea antes incluso de su nacimiento, por lo que jamás se quedará solo. Dado que todas las personas estarán familiarizadas con su melodía, ninguna de ellas lo mirará con desprecio o desconfianza. De ese modo, el niño conocerá muy pronto el valor de su canción personal y gracias a ella percibirá lo que hay de especial en él.

Si algún miembro de la tribu resulta herido o se enferma, los demás le cantarán su canción. También lo harán para celebrar alguna hazaña especial, durante el rito iniciático, con ocasión de acontecimientos importantes —como una boda— o antes de un viaje. Si alguien en la aldea comete una injusticia o se comporta de manera perjudicial para la sociedad, los habitantes se colocarán en círculo en torno a él y entonarán su canción. Están convencidos de que si le recuerdan la melodía que parece haber olvidado, lograrán traerlo de nuevo al buen camino. Este ritual, piensan, le permitirá acordarse de quién es y de dónde viene. Aprenderse la canción de otra persona, cantársela y recordársela cuando la ha olvidado constituye una manifestación de amor.

Por muy difíciles que sean las situaciones o las pruebas que un ser humano encuentre a lo largo de su vida, su canción le mostrará su vínculo con su entorno y le ayudará a recuperar su equilibrio interior. La canción también sanará a quien se encuentre con el corazón roto. A través de la melodía, la persona profundiza su apego con el mundo exterior.

Cuando un miembro de la tribu se encuentra en su lecho de muerte, todos los demás lo rodean y le cantan su canción por última vez. De ese modo se cierra el círculo y la persona se despide de este mundo exactamente igual que fue recibida en él. Su melodía la acompañará en su camino de regreso al reino de los espíritus, ese espacio que abandonó tiempo atrás, y también sus antepasados le darán la bienvenida cantando. Gracias a ello, la persona no temerá a la muerte, porque la canción tiende un puente entre los vivos y los muertos.

Independientemente de que esta tribu de África oriental exista de verdad o no, lo cierto es que todos poseemos una melodía propia que está estrechamente ligada a nosotros. En nuestro nacimiento, Dios nos asignó una canción, pero muchas veces la olvidamos. Si cantas tu propia melodía, te encontrarás en el camino correcto y descubrirás tu ritmo, que es particular y te diferencia de todos los demás seres humanos.

¿QUÉ ES LA BELLEZA?

La historia de la anciana en la cueva

¿Qué es la belleza? ¿Cómo definirla? ¿Qué criterios aplicar para diferenciar entre lo hermoso y lo feo? ¿Qué podemos calificar de verdaderamente bello?

Un hombre decidió viajar por todo el mundo para descubrir qué es la belleza. Sin embargo, las respuestas que obtuvo a sus preguntas no parecían satisfacerlo, y las que proponían los filósofos y los teólogos le parecían demasiado abstractas.

Finalmente, llegó hasta el Himalaya, tierra de sabios, y se enteró de que había una persona que vivía en una cueva y era la más indicada para explicarle el significado de la belleza. Después de recorrer durante días y días escarpados senderos de montaña y vías ferratas, el hombre llegó a la entrada de la gruta, situada en una elevada cima. Era tanta la oscuridad que apenas podía ver nada, así que saludó gritando para avisar de su presencia. Para su sorpresa, le respondió una voz de mujer: «¿Qué es lo que quieres?».

Cuando le expuso su deseo y le explicó que quería descubrir qué significa la belleza, la moradora de aquella gruta lo invitó a entrar. La «persona» de la que la gente le había hablado era, pues, una anciana, que respondió de buen grado a todas sus preguntas. Aquel hombre se quedó con ella varios días y escuchó con atención sus palabras sobre la esencia de la belleza: desde la definición del concepto hasta la evolución de los distintos ideales de belleza que a lo largo de la historia han aparecido y desaparecido en el mundo, pasando por los criterios por los que se reconoce que algo es hermoso. La mujer desplegó ante él toda su sabiduría.

Sin embargo, cuando el visitante se habituó a la oscuridad de la cueva y consiguió distinguir a la anciana ante su modesta hoguera, le resultó muy difícil disimular su espanto: le parecía la mujer más fea de todas las que había visto hasta entonces. Su rostro, tal vez debido a la humedad que reinaba en la gruta, estaba cubierto de verrugas, y sus dientes picados se asomaban, montados unos sobre otros, entre sus labios. El fétido olor que impregnaba la cueva procedía en realidad de su miserable cuerpo. Tenía la espalda encorvada; las pupilas, apagadas, y la frente, surcada de arrugas. Su cabello, que no se lavaba desde hacía largo tiempo, estaba enmarañado e hirsuto.

En aquella oscura gruta no había ningún espejo en el que la anciana pudiera reflejarse. Solo su sombra se proyectaba en la pared gracias al fuego, y, a diferencia de su aspecto real, su silueta poseía un halo enigmático: sus gestos y sus movimientos eran de un encanto fascinante.

La sabiduría de la anciana sobre la belleza era, desde todos los puntos de vista, intachable. Pero, por dramático que resultara, su aspecto externo era el culmen de la fealdad.

Cuando al fin llegó la hora de partir, el hombre le preguntó a aquella mujer cómo podía demostrarle su agradecimiento por la generosidad de haber compartido con él sus vastos conocimientos.

«Solo te pido una cosa —propuso la mujer—. Cuando vuelvas al mundo y hables de mí, descríbeles a todos mi juventud y mi belleza».

A veces detrás de una verdad se esconde una fea mentira. Del mismo modo que la anciana de la cueva, que disertaba con elocuencia acerca de la belleza, tenía un aspecto horrendo, nosotros sabemos en teoría qué es verdadero y justo, pero en la mayoría de los casos nuestra naturaleza no se corresponde con este ideal.

Y yo, que escribo estas líneas, ¿qué puedo decir al respecto? ¿En qué medida mi propia apariencia se ajusta a la belleza que trato de transmitir a través de mis textos? Independientemente de mi imperfección humana, espero que aquello que considero verdadero se plasme también en mis actos. Espero no parecer más grande sobre el papel de lo que soy en realidad. Espero poder escribir sobre la vida bajo el cielo azul, sin tener que ocultarme en una cueva que se trague toda la luz. Y espero ser lo suficientemente bueno conmigo mismo.

Cuando la vida nos plantea preguntas, tenemos que acudir a nuestra propia historia para encontrar respuestas que salgan de nuestro interior, en lugar de repetir mecánicamente lo que dicen los demás.

Lo mismo cabe decir de la felicidad. Escuchamos conferencias y leemos libros sobre el camino que conduce a la dicha, sobre los requisitos que hay que cumplir para alcanzarla y sobre los secretos que se ocultan tras ella. Sabemos que podemos ser felices en cualquier momento. También sabemos que, si nos abrimos más a lo que la vida nos regala y conseguimos valorarlo, la felicidad nos encontrará a pesar de nuestras debilidades, o precisamente gracias a ellas. La gratitud y la felicidad se pueden hallar en una pequeña flor en el prado, en los rayos del sol en primavera y en una taza de té. Pero a menudo pasamos por alto precisamente esas pequeñas cosas. Tenemos algo en común con la mujer de la cueva, atrapada de manera irreal en su mundo de lógica abstracta y embriagada por el eco de su propia voz.

> No importa cómo lleguemos al **lugar adecuado**. Lo fundamental es con quién nos encontraremos en él y cuántas veces se conmoverá nuestro corazón. Debemos mirar a través de ese corazón y tomarnos el tiempo necesario. Muchas de las cosas de este mundo se nos revelan precisamente cuando reflexionamos con calma y nos abrimos a ellas. ¡Viaja varias veces al mismo lugar! Solo así te mostrará su verdadero rostro.

NINGÚN LUGAR REVELA INMEDIATAMENTE SU VERDADERO ROSTRO

Sobre las cosas que nos encuentran cuando amamos

La primera vez que fui al valle de Ojai, en California, donde pasó sus últimos años el maestro espiritual Krishnamurti, me sentí decepcionado. Las extensiones de naranjos y las puestas de sol que él mismo describió en su libro *Diario II: el último diario* resultaron ser un paisaje de lo más corriente, en el que no había ni gota de ninguna energía espiritual particular. La ciudad era un centro turístico y, por consiguiente, caro, en el que surgía una tienda de lujo tras otra y en el que cada noche los ricos estacionaban sus voluminosos coches a la puerta de los restaurantes. El eslogan de «California: el mejor lugar para la meditación» sencillamente no cuadraba con este escenario.

Cuando visité el municipio de Brockpa —en la región de Ladakh, en el norte de la India—, conocido como el «Pueblo de las Flores», mi decepción fue aún mayor: se suponía que la población local iba siempre vestida con el traje tradicional y se adornaba el cabello con flores, así que parecía caminar por un océano de coloridos pétalos. Yo había subido hasta un valle de montaña situado a cuatro mil metros sobre el nivel del mar para contemplar con mis propios ojos aquel pueblo en el que, según se decía, las flores se consideraban más valiosas que el oro. Sin embargo, la realidad me desilusionó. Solo me encontré con dos o tres ancianas ataviadas con las ropas regionales. Nadie portaba ni una sola flor en el cuerpo, y menos aún en el cabello. El documental que había visto se trataba, a todas luces, de una ficción bien armada.

La India quedó muy por debajo de mis expectativas. Recuerdo la primera vez que llegué a este país. Cuando aterricé a medianoche en el aeropuerto de Bombay, no me estaban esperando sabios, sino taxistas timadores y mendigos harapientos. Allá donde iba, me topaba con mercaderes que me daban gato por liebre y en todos los centros de meditación lo primero que hacían era exigirme que pagara por entrar. En ninguna parte encontré ni rastro de ese país supuestamente tan espiritual: solo hallé un enorme afán por lo material, un enorme caos. Y yo, que había gastado mis últimos ahorros en aquel viaje para seguir las enseñanzas de la verdad, caí en la autocompasión.

Para ser sinceros, todos mis primeros viajes fueron una sucesión de decepciones. La realidad quedaba siempre muy lejos de mis expectativas. Los lugares sagrados de peregrinación estaban repletos de timadores, y el ascenso al Himalaya, que me había imaginado como un camino en el que conocería a algún sabio recluido en una gruta, acabó siendo un ejercicio que ponía a prueba mi capacidad de autocontrol: una ruta por etapas que discurría entre hostales y locales de comida. Incluso quienes se autocalificaban de *sadhus* no eran en realidad más que personas que, en pleno delirio, negaban la realidad y ni siquiera se lavaban la cara, y los templos eran mercados en manos de monjes codiciosos.

Por aquel entonces aún no había entendido que los lugares no revelan fácilmente su interior, no muestran su verdadera naturaleza de forma inmediata.

A menudo, los viajeros aceptan emprender un largo camino para llegar a un determinado destino con la esperanza de descubrir su secreto en apenas unos días. Sin embargo, ¡eso es una mera fantasía! Si no nos esforzamos lo suficiente, la magia del lugar quedará oculta ante nuestros ojos. Las hadas se escapan volando en cuanto oyen los pasos de un extraño.

Algunas guías de viaje, con la mejor de las intenciones, recomiendan no dejarse cegar por la mística de la India: «El Ganges no es un espacio de inspiración, sino una cloaca, y los puntos en los que se incineran los cadáveres contaminan el aire con sus humos tóxicos. Dado que en este país se venera a las vacas, a cada paso corremos el peligro de pisar una boñiga. Debido al carácter flemático de los habitantes, es de lo más normal que los trenes sufran retrasos de hasta cinco y seis horas. Además, hay que tener cuidado en todo momento con los estafadores. Por si fuera poco, en la India es imposible degustar un curri razonablemente bueno». Más o menos estos son los comentarios habituales sobre los viajes a ese país.

La mayoría de las veces, cuando un lugar nos decepciona es porque aún no nos hemos adentrado en su alma, porque aún no nos ha abierto su corazón, porque todavía no hemos creado un vínculo con él. No hemos seguido la indicación que leí en cierta ocasión en un cartel colgado en la puerta de un templo: «Para acceder a este lugar tienes que sacrificar tu cabeza».

He aprendido cosas importantes del fotógrafo Kim Young-Gap, un amigo al que conocí en mi época de Seogwipo, en la isla de Jeju. Como escribió un crítico hace un tiempo, Young-Gap subía a la montaña cada uno de los trescientos sesenta y cinco días del año, incluso aunque lloviera o nevara. Allí, sentado, de pie o acostado, se dedicaba a contemplar, y de ese modo consiguió atrapar en sus fotografías el alma oculta del lugar: esa alma que es invisible para los turistas que están de paso.

Después de mi primera decepción, cada vez que viajo a California hago una corta visita al valle Ojai. Muy pronto dejé de necesitar mapas para orientarme por la zona y con el tiempo incluso inscribí a mi hijo en un colegio local. Allí conocí a un hombre con el que aún mantengo una relación de amistad y juntos hemos recorrido el camino que hizo en su momento Krishnamurti. El valle Ojai se ha convertido para mí en un lugar que añoro de vez en cuando.

Entretanto, he viajado ya seis veces a Ladakh. Conocí a Helena Norberg-Hodge, que escribió un libro acerca de la vida en esta región, y fui maravillosamente acogido por un matrimonio que regenta un hostal con un frondoso jardín cubierto de flores y que, cuando quise pagar mi pernoctación, se negó a aceptar mi dinero. Esta pareja me guio a través de los templos de Ladakh y de las aldeas a orillas del Indo. Aún hoy me parece estar oyendo el saludo local (*jullay, jullay!*) con el que me despertaban cada mañana en aquel territorio en el que aún hoy quedan fragmentos de mis pensamientos.

Desde hace veinticinco años hago un viaje anual a Benarés, junto al Ganges. Como si nunca antes mis ojos se hubieran abierto lo suficiente, la ciudad se me va mostrando poco a poco, con sus maravillosos habitantes. Solo ahora descubro la fiesta de los colores, de las risas y de la tristeza que se celebra aquí, en rincones que en el día a día saben esconderse muy bien. Cuando ahora escribo sobre mis viajes a esta zona, lo hago desde la perspectiva de Benarés.

A veces, las personas que se desplazan a países extranjeros y a parajes desconocidos no pueden disimular su decepción: blasfeman cuando otros hablan de manera positiva acerca de esos lugares y aseguran que sus discursos son meros inventos. Y tienen razón. Si no se permanece largo tiempo en un sitio, cualquier historia es ficción. Al principio, los lugares solo nos muestran su lado feo porque desconfían, como nos ocurre a nosotros mismos cuando estamos frente a extraños. Arrojan a los visitantes a los brazos de los timadores —que tratan de arrebatarles el dinero que llevan en los bolsillos— y de los hoteles —en los que se hurga en su equipaje— y los empujan justo a los rincones en los que se amontonan las boñigas de vaca.

No importa cómo lleguemos al *lugar adecuado*. Lo fundamental es con quién nos encontraremos en él y cuántas veces se conmoverá nuestro corazón. Debemos mirar a través de ese corazón y tomarnos el tiempo necesario. Cada región de este mundo es como una mujer que se cubre el cuerpo y el rostro con sari y velos. Cuando un extraño se le acerca, ella se oculta tras sus paños coloridos y lo observa fijamente con sus ojos negros.

Muchas de las cosas de este mundo se nos revelan precisamente cuando reflexionamos con calma y nos abrimos a ellas. ¡Viaja varias veces al mismo lugar! Solo así te desvelará su verdadero rostro. Viaja ligero de equipaje y reserva más tiempo del que creas que vas a necesitar. En inglés, «viajar» se dice *to travel*, verbo que procede del francés *travailler* («trabajar»), que podríamos interpretar en el sentido de «trabajarse algo», es decir, de aplicarse o dedicarse con tesón a ello. Y así es: los lugares hay que trabajarlos. Pero los lugares no son los únicos que se cubren con velo: también la vida se niega a mostrarnos su interior en un primer momento. Sin embargo, si la amamos, nos responderá con amor. Hay cosas que solo nos encuentran cuando amamos.

¿CUÁNDO FUE LA ÚLTIMA VEZ QUE BAILASTE?

Sobre el valor de la meditación a través de la danza

Hay formas de meditación que buscan la calma y el centro a través de la danza. Las practican, por ejemplo, los derviches, seguidores de una tradición anclada en la corriente islámico-mística del sufismo. El poeta Rumi, para el que la música y la danza son importantes herramientas de la espiritualidad, siempre enseñaba a sus alumnos un ejercicio al que se refería como «meditación giratoria», y que consistía en pasar casi una hora dando vueltas sobre sí mismo con los brazos extendidos, la mano derecha señalando al cielo para recibir la energía divina y la izquierda dirigida hacia la tierra para compartir con ella esta bendición.

Esta danza sufí, que en turco se denomina *sema* (es decir, «cielo»), es un tipo especial de contemplación en la que el bailarín entra en contacto con lo divino (el cielo). Al principio se gira lentamente y, a medida que pasa el tiempo, se aumenta la velocidad, en un movimiento sencillo y repetitivo que provoca que incluso los observadores caigan en una especie de trance.

La primera vez que practiqué durante un buen rato este ejercicio en un *áshram* de la ciudad india de Pune, experimenté personalmente su potente efecto. Mi cuerpo movilizó todas sus reservas de energía y sentí como si estuviera girando de manera perpetua en el centro mismo del universo. Los fundamentalistas islámicos prohíben esta danza, pero en Turquía y Egipto goza de una gran popularidad e incluso se ofrecen cursos a los turistas. Dado que es habitual que los debutantes se mareen, se requiere contar con un espacio amplio para practicarla.

Conozco otra forma más de meditación a través de la danza en la que el cuerpo se entrega a la música sin necesidad de seguir normas ni secuencias de movimiento específicas. En ella, el baile surge de nuestro interior sin manipularlo artificialmente. Dado que el bailarín se deja llevar de manera lúdica por el flujo natural de los movimientos, esta danza es ideal para los principiantes. En un primer momento puede resultar algo extraño mover el cuerpo sin seguir un ritmo fijo, pero cuando se deja que todo vaya sucediendo sin más, poco a poco surge una forma de expresión única en la que la persona no interviene de manera voluntaria. A medida que cuerpo y conciencia se vuelven uno, el bailarín pasa a un segundo plano, hasta que al final solo queda la danza. En este estado, el ego se deshace en el movimiento físico. Esta meditación a través de la danza, conocida como *nataraj*, consiste —tal y como yo la aprendí— en cuarenta minutos de danza y quince minutos de *zazen*, tras los que los participantes bailan durante un cuarto de hora movidos por la alegría.

Una meditación a través de la danza es una autosanación mediante el movimiento en armonía con la música. El movimiento disuelve en nuestro subconsciente todo aquello que se ha acumulado en él y permite que salga a la superficie. A través de una profunda inmersión en nuestro interior, se liberan los numerosos recuerdos y heridas que se han quedado grabados en nuestro cuerpo. Hay quien dice que es como si se ayudara a abrirse a unas flores que no consiguen hacerlo por sí mismas. Todo capullo, tarde o temprano, querrá florecer.

Para Alexis Zorba, protagonista de la novela *Zorba el griego*, la danza es una forma de reconciliarnos con el mundo cuando nos juega una mala pasada, es decir, es una manera de lidiar con el dolor. Cuando su hijo pequeño muere, baila ante el cadáver. La gente lo señala con el dedo y lo tacha de loco, pero él objeta: «Si no hubiera bailado en ese momento, entonces sí, hubiera enloquecido de dolor».*

En muchas regiones de este mundo se conoce el efecto sanador de la danza. De hecho, existe una tribu africana cuyos miembros saludan al nuevo día cantando y bailando juntos. Si alguno de ellos enferma, cae en una depresión o pierde las ganas de vivir, el curandero de la aldea lo visita y le plantea cuatro preguntas, que no tienen nada que ver con el habitual «¿qué le ocurre?» que nos suelen formular nuestros médicos en cuanto entramos en su consulta. Esas preguntas son las siguientes:

- «¿Cuándo fue la última vez que cantaste?».
- «¿Cuándo fue la última vez que bailaste?».
- «¿Cuándo fue la última vez que hablaste acerca de ti mismo?».
- «¿Cuándo fue la última vez que estuviste sentado en silencio?».

---

* El fragmento entrecomillado se extrajo de la traducción de Roberto Guibourg de la obra de Nikos Kazantzakis *Zorba el griego*, Círculo de Lectores, Barcelona, 1986, p. 88. *(N. de la T.)*.

Si ha pasado mucho tiempo desde esas últimas veces, es natural que el cuerpo y la mente enfermen. El remedio que prescribe el curandero es evidente: haz las cuatro cosas, y hazlas lo antes posible.

LA IMAGINACIÓN ES UNA CUENTISTA
Por qué es tan importante permanecer alerta

Durante una larga estancia en una ciudad del norte de la India me llegó la noticia de que el hijo de uno de mis amigos locales había contraído la viruela. Había conocido a aquel amigo hacía muchos años e incluso habíamos hecho varios viajes juntos, así que inmediatamente fui a visitarlo. El pequeño paciente yacía en una estrecha cama. Debido a la elevada fiebre, le costaba respirar. Todo su cuerpo estaba cubierto de erupciones rojas.

Cuando un indio enferma de viruela —una enfermedad que allí se conoce como *mataji*, es decir, «madre»—, no se llama a un médico, sino que se recurre a remedios caseros o se acude a rezar a un templo de la diosa Mataji. Según la creencia popular, si se decide llevar al paciente a un hospital, esta divinidad se enojará e incluso empeorará los síntomas, así que es mejor tranquilizarla y convencerla para que se retire del cuerpo del enfermo.

En aquel caso, el paciente tenía 20 años y su estado era tan grave que apenas abrió los ojos cuando puse mi mano sobre su frente. Alrededor de él se habían esparcido hojas de neem —tan parecidas a las hojas de la acacia—, que contienen antibióticos naturales. En las zonas rurales del país es posible encontrar en cualquier rincón este árbol, que, igual que ocurre con la albahaca india (*tulsi*), cuyo olor es similar al de la menta piperita, se considera un regalo de los dioses.

Permanecí sentado junto al lecho del joven durante cerca de media hora para infundirle valor y consolar a sus padres. Después regresé a mi hostal. Cuando conté en el establecimiento que había visitado a un enfermo de viruela, todos, incluido el propietario, palidecieron. La viruela es una enfermedad sumamente contagiosa y a menudo mortal, que se transmite con facilidad en espacios cerrados a través de la respiración. Además de la característica erupción, provoca síntomas que van desde picos repentinos de fiebre hasta desorientación, pasando por escalofríos, dolor de cabeza e intensas molestias estomacales.

No había sido consciente de lo grave que era aquella dolencia y, súbitamente, yo mismo empecé a sentir miedo. Era muy probable que me hubiera contagiado. A fin de cuentas, había pasado media hora con el paciente, en una sala angosta y cerrada, le había sostenido la mano y le había tocado la frente. ¿Qué demonios debía hacer ahora? ¿Volver lo antes posible a mi país antes de que aparecieran los síntomas? Supongamos que me sometía a un reconocimiento y que la prueba daba un resultado positivo... ¡Tendría que ponerme en cuarentena! En ese caso, no podría volar a casa. ¿O debería untarme de tintura de neem y acostarme sobre un lecho de hojas? ¿Seguiría permitiendo el hostal que me alojara en él?

Mis pensamientos, temerosos, se dispararon. Si empezaba a delirar, ¿quién avisaría a mi familia en Corea? La tasa de mortalidad de la viruela es muy elevada, según parece. ¿Qué posibilidades tendría de sobrevivir a la enfermedad? Si me aparecía una erupción, nadie se atrevería a acercarse a mí. ¿Debería buscar a tiempo a alguien de la zona que pudiera cuidarme?

Tras una noche en la que, debido a estos sombríos temores, apenas pegué ojo, a la mañana siguiente me senté, sin pizca de apetito, en la entrada del hostal. De repente, sentí un picor en la espalda. Al examinarme, descubrí una pústula roja que se parecía sospechosamente a la temida erupción cutánea. Mis presentimientos parecían haberse convertido en certezas. Me llevé la mano a la frente. La encontré bastante caliente.

Mi mente empezó entonces a girar a toda velocidad. Había oído que si el virus entraba en la córnea podía provocar ceguera. Si alcanzaba el cerebro, era posible que desencadenara una meningitis. El cerebro resulta difícil de proteger, pero ¿debería tal vez lavarme los ojos con agua potable? Naturalmente, cabía la posibilidad de que aquello no fuera más que un grano normal y corriente. Sin embargo, cuando me lo rasqué, salió un líquido. ¡Así pues, se trataba de una pústula!

La incesante y rápida sucesión de pensamientos en mi mente me pareció ya una prueba suficiente de que mi estado estaba empeorando. En ese momento aún no existía internet, así que no pude averiguar nada más concreto sobre los síntomas y el curso de la enfermedad. Por otra parte, me daba pavor quedar en ridículo ante la gente si iba al médico a contarle lo que me pasaba.

Apenas probé bocado a mediodía. Poco después, empezó a dolerme el estómago. Ahora estaba seguro: pasaría lo que tenía que pasar. Me imaginé a mí mismo tendido, rígido, sobre la cama, mientras una serie de bondadosas manos esparcía a mi alrededor hojas de neem. Al final, me conducirían a un crematorio junto al Ganges. Por mucho que apreciara a mi amigo,

¡no debería haber ido a su casa ni sentarme junto al lecho de un enfermo de viruela! De hecho, ni siquiera debería haber viajado a la India. Habría sido mejor optar por escalar el monte Everest. Si tuviera que pasarme algo, ¡era preferible que me faltara el oxígeno en las alturas! ¡Pero ya basta! ¡Tranquilízate y mira a la muerte directamente a los ojos! ¡Hace años que meditas! Por lamentable que sea lo que venga, despídete de la vida con una risa. ¿Acaso no está todo predeterminado? ¿Acaso la existencia terrenal no es sino un proceso de continua aparición y desaparición? ¿Debería quizá llamar a mi familia y a mis amigos de Corea ahora que aún estoy en condiciones de hacerlo? No convendría que les llegara de improviso la noticia de mi defunción...

Evidentemente, mis pensamientos seguían el curso narrativo de mi imaginación. Me encontraba ante una de esas historias que nos cuenta nuestra fantasía para hacernos sufrir e infundirnos miedo con el objetivo de impedir que tomemos las riendas de nuestra vida. De ese modo, aquello que no ha ocurrido consigue tanto espacio y alimento que acaba desarrollando un poder increíble.

Nuestra imaginación es la mejor contadora de historias del mundo. Ni siquiera un ganador del Premio Nobel de Literatura podría igualar sus dotes para la fantasía. Las imágenes que se nos vienen a la mente poseen más fuerza que todas las novelas y los cuentos juntos. Cuando se imponen en nuestra cabeza, la ficción nos parece más viva que cualquier realidad. Así, en lugar de vivir nuestra propia vida, vegetamos en la superficie de nuestra existencia; nos convertimos en la sombra de una persona que, dentro de un autobús, con el espíritu ausente, pasa de largo sin detenerse. Dócilmente, permitimos que nuestra imaginación nos esclavice, a pesar de que se trata de un mal amo para nosotros, dado que nos impide contemplar lo verdadero e importante de la vida y nos hace así sufrir más de lo que sufriríamos por la realidad.

Nuestra imaginación está permanentemente activa e inventa de forma constante nuevas historias. Jon Kabat-Zinn, profesor universitario y maestro de meditación en la Escuela de Medicina de Massachusetts, está convencido de que, cuando nuestra mente no se encuentra de verdad en el lugar en el que estamos físicamente en cada momento, nos es imposible desarrollar de manera plena nuestro potencial. Nuestros pensamientos nos atrapan en la red de historias que tejen arbitrariamente.

Antes de que la imaginación comience a elaborar su narrativa, conviene que tomemos conciencia de este proceso. Si lo contemplamos con nuestra razón bien alerta, conseguiremos desenmascarar a los fantasmas de nuestra mente, esos que la fantasía teje con el hilo de nuestros miedos, nuestros anhelos y nuestras inseguridades.

Al final, el hijo de mi amigo indio no tenía la viruela, sino la varicela. En realidad, desde finales de los años setenta la viruela se considera erradicada en todo el mundo. Suele ser una enfermedad benigna de la que el organismo se cura por sí solo. La «pústula» de mi espalda era un grano normal o tal vez una ampolla provocada por una quemadura: había ido de acá para allá a pleno sol y había sufrido una ligera insolación, lo que también explicaba mi mareo. La historia que me había susurrado mi imaginación dejó patente el largo camino de desarrollo espiritual que me quedaba aún por recorrer. Se fue deshaciendo como el sueño de la noche anterior y, por un momento, resplandeció en mi mente. Y, así, hasta la siguiente historia.

EN EL FONDO, TODOS SOMOS IGUALES

Sobre la empatía y la compasión

En cierta ocasión emprendí un viaje a Nepal junto con la actriz Kim Hye-Ja. Íbamos de camino a unas ruinas situadas a las afueras de Katmandú cuando vimos a una mujer sentada en el arcén que había extendido ante ella varias joyas para venderlas. Como los monumentos históricos son un destino popular entre los turistas, en esa zona había infinidad de vendedores ambulantes, así que aquella señora no llamaba especialmente la atención. Sin embargo, Kim Hye-Ja se acercó y se sentó junto a ella. No tenía intención de comprarle nada. Hasta ese momento, no me había dado cuenta de que la vendedora tenía la cabeza inclinada y estaba llorando. Las lágrimas se deslizaban silenciosamente por su rostro y se evaporaban sobre su mercancía barata. Para mi sorpresa, Hye-Ja, que se había agachado junto a la mujer y le sostenía la mano, también empezó a llorar en silencio.

En medio de una multitud de personas, dos mujeres de diferentes nacionalidades, idiomas y clases sociales permanecían sentadas en el suelo, llorando y sin hacerse preguntas acerca del motivo de aquellas lágrimas.

No estábamos rodando un documental ni nos encontrábamos en un plató en el que un director nos estuviera dando instrucciones. Lo que vi entonces no tenía nada que ver con el talento interpretativo de Kim Hye-Ja. Eran lágrimas verdaderas de empatía y compasión.

Los psicólogos sostienen que la empatía es fundamental para la vida. «El patrimonio de la compasión mantiene a raya la crueldad de los seres humanos. Si reprimimos nuestra tendencia instintiva a ponernos en el lugar de los demás, los trataremos como objetos, y cuanto más los tratemos como objetos, más peligroso se volverá el mundo», escribe Daniel Goleman en su libro *Inteligencia emocional*.

Los estudios han demostrado que la empatía está firmemente anclada en nuestro cerebro y que el ser humano es, en esencia, altruista. En ciertos experimentos sobre el comportamiento del macaco Rhesus, cuya inteligencia no llega al nivel de la de los chimpancés, uno de los ejemplares empleados en los ensayos decidió abstenerse de comer cuando comprendió que, cada vez que lo hacía, otro macaco de la jaula recibía una descarga eléctrica. Tan pronto como otro animal chillaba de dolor, este individuo se negaba a probar bocado. Al cabo de doce días, se canceló el experimento. Por otra parte, los lactantes tardan más en llorar cuando quieren expresar una necesidad propia que cuando ven u oyen que otro bebé está gritando.

Los especialistas en neurología están prestando una gran atención a las «neuronas espejo», descubiertas recientemente. Se trata de unas células nerviosas que provocan que las acciones de otra persona se reflejen en nosotros como si fuéramos un espejo. En otras palabras: basta que veamos a una persona haciendo algo para que en nuestro cerebro se desencadene una reacción similar a la que experimentaríamos si lo hiciéramos nosotros mismos. Si alguien llora en nuestra presencia, se activará en nuestro cerebro el área responsable de que nuestros ojos se empañen de lágrimas. Si nos encontramos junto a alguien que ríe o se muestra alegre, se producirá este mismo efecto de arrastre.

El descubrimiento de las neuronas espejo se considera un hito de la investigación moderna sobre el cerebro, porque su existencia permite dar una explicación científica a la capacidad humana de la empatía. Estas células desempeñan un papel decisivo a la hora de ponernos en el lugar del prójimo y compartir sus sentimientos. El cerebro se encuentra cableado de tal forma que podemos establecer relaciones con los demás y sentir algo por ellos, lo cual constituye un requisito fundamental para nuestra supervivencia. Cuando las neuronas espejo se dañan, los afectados pierden su empatía y dejan de sentir interés por otras personas. Carecen de competencias sociales, se vuelven egoístas o egocéntricos y, en los casos más graves, desarrollan comportamientos similares a los de las personas con autismo.

La empatía está estrechamente vinculada a la sensación de felicidad y satisfacción. Si, en momentos de intensa alegría o profundo pesar, vemos que la persona que tenemos enfrente permanece impasible como si fuera de piedra, nos sentimos incomprendidos. La falta de empatía es el mayor obstáculo para el nacimiento de nuevas relaciones. Solo ella hace humanos a los seres humanos.

No todos los días una mujer decide, en medio de los empujones de los turistas y los vendedores ambulantes, detenerse ante otra persona para llorar con ella públicamente. La capacidad de Kim Hye-Ja para entender sin reservas los sentimientos de la comerciante de joyas —aun sin comprender su idioma— y para sufrir con ella es lo que la convierte en una actriz tan auténtica.

Al cabo de un rato, a través de las lágrimas de la nepalí se asomó una sonrisa, primero tímida, poco después radiante: un ejemplo del poder sanador de la empatía. Al compartir nuestro dolor, experimentamos consuelo y recobramos fuerzas. Como despedida, Kim Hye-Ja eligió un brazalete y le dio a la vendedora ambulante trescientos dólares, una fortuna para aquella mujer. Sin decir nada, la nepalí miró primero el dinero depositado en su mano, después a Kim Hye-Ja, y siguió alternando su mirada entre uno y otra. Al irnos, volví la cabeza una última vez y me percaté de que la mujer estaba recogiendo a toda prisa su mercancía. Cuando le pregunté a la actriz por qué le había dado tanto dinero, ella me respondió, sonriendo: «¿Acaso no nos gusta a todos ganar alguna vez el premio gordo de la lotería? La vida es difícil para todos».

Kim Hye-Ja llevó el brazalete durante todo el viaje. Por aquel entonces, ella también estaba pasando por un momento difícil, aunque apenas reveló al público el sufrimiento y la desesperación en los que estaba sumida. Sanó su propio dolor empatizando de manera sincera con la angustia de otra persona. La empatía es la decisión consciente de permanecer abierto al dolor ajeno, independientemente de los problemas propios.

Cuando, un tiempo después, Kim Hye-Ja contó aquella historia de Nepal, afirmó: «No hay tanta diferencia entre esa mujer y yo. Ella quiere ser feliz, vivir pequeños milagros y experimentar de cuando en cuando algo de consuelo. Exactamente como yo. En el fondo, todos somos iguales».

TE MIRO A LA CARA

La meditación tibetana en torno a la madre

Joanna Macy, activista social y filósofa medioambiental, estaba convencida de que era una experta en empatía. Al fin y al cabo, todas las religiones conocen el concepto de la misericordia. Sin embargo, en el campo de refugiados tibetanos de Dalhousi, situado en el norte de la India, a los pies del Himalaya, descubrió una nueva acepción de esta palabra.

En el verano del primer año que pasó allí, trabajó ayudando a proporcionar los medios sanitarios y materiales básicos que necesitaban los refugiados. A menudo, oía frases como «puede que este mosquito [o este gusano o esta gallina], en su vida pasada, fuera tu madre. No le hagas daño».

Por aquel entonces le contaron que, como todos los seres vivos pasan por multitud de reencarnaciones, era bastante probable que alguno de ellos hubiera sido alguna de sus madres en una de sus vidas anteriores. Un monje tibetano, de hecho, le explicó cómo desarrollar misericordia hacia todas las personas viendo en cada quien a una posible madre de una existencia pasada.

Cierta tarde, Joanna, como hacía a menudo, estaba recorriendo el estrecho camino que conducía a los alojamientos y empezó a reflexionar sobre las palabras del monje. Cuando las oyó no acabaron de convencerle, pero, por algún motivo, no había conseguido sacárselas de la cabeza. Evidentemente, ella no se planteaba ni por asomo vivir de acuerdo con las enseñanzas de aquel tibetano: al fin y al cabo, no creía en la reencarnación.

Sin embargo, mientras caminaba absorta en sus pensamientos, vio a un hombre que, cargando pesados fardos sobre sus hombros, ascendía a duras penas por el sendero, sinuoso y flanqueado por cedros y azaleas. En las aldeas del Himalaya es habitual cruzarse con trabajadores que suben por escarpados caminos de montaña llevando a sus espaldas multitud de paquetes apilados unos sobre otros. Joanna sentía especial compasión por aquellos que portaban enormes troncos. La mayoría de ellos pertenecían a la casta inferior y se habían quedado encorvados y zambos debido al enorme peso que habían soportado desde pequeños. Cada vez que se encontraba con alguno de esos hombres, Joanna sentía una punzada en el corazón y empezaba a blasfemar contra las estructuras sociales y económicas que hacen posible semejante explotación.

Sin embargo, esa tarde se detuvo y observó en silencio cómo aquella figura demacrada se iba acercando a ella con sus piernas arqueadas y su terrible carga. Llevaba a su espalda un gran tronco de cedro. Cuando, tras un agotador ascenso, el hombre llegó a su altura, apoyó un extremo del tronco sobre un muro de piedra para recobrar el aliento durante unos instantes.

De repente, a Joanna le asaltó la idea de que aquel hombre pudo haber sido su madre y sintió súbitamente la necesidad de mirarlo a los ojos. ¡Quería saber quién era él!

«¡*Namasté*!», lo saludó ella, acercándose. Sin embargo, el hombre, que seguía sosteniendo sobre sus hombros el otro extremo del tronco, tenía el cuerpo tan inclinado hacia delante que solo podía mirar hacia el suelo. Así pues, Joanna se vio obligada a agacharse para observar su rostro.

Pues bien, en el momento en el que ella pudo verlo, la invadió una sensación que nunca antes había experimentado. La alegría y el dolor se mezclaron de una forma completamente nueva e impactante, porque en la arrugada cara de aquel hombre reconoció los rasgos que hacía mucho tiempo habían sido los de su madre. ¡Cuánto le habría gustado tocarle la cara, mirarlo a los ojos! Lo que más habría querido en ese momento era soltar la cuerda que sujetaba el tronco a su espalda y compartir con él su carga hasta el pueblo, situado en la cima de la montaña.

Sin embargo, no lo hizo, en parte por respeto hacia el hombre, en parte por pudor. Se mantuvo a un par de metros y observó su barbilla, con una barba canosa, su sombrero andrajoso y la mano, llena de deformidades, con la que agarraba la madera que sobresalía por encima de su cabeza.

A Joanna no le asaltaron sus pensamientos habituales en torno a lo equivocadas e injustas que son las estructuras sociales. En aquel hombre no vio a un miembro de la clase explotada y oprimida, a una víctima de un sistema económico. Solo lo vio a él: al ser humano único, insustituible e inconmensurablemente valioso; su madre y, al mismo tiempo, su hijo en una vida anterior. Un ser humano que aspiraba a alcanzar la felicidad y que quería evitar la infelicidad. Exactamente como ella. De repente, la perspectiva desde la que Joanna observaba el mundo había cambiado.

Le surgieron entonces preguntas que hasta ese momento no se había planteado: ¿hacia dónde se dirige este hombre? ¿Cuándo llegará a casa? ¿Lo recibirá en ella un ser querido con una buena comida? ¿Lo esperan la calma, la relajación, canciones alegres y un amoroso abrazo? En su mirada, antes centrada exclusivamente en los antagonismos sociales, ahora solo había compasión y empatía. Lo que sintió no fue la piedad arrogante de los pudientes ante los pobres, sino un profundo interés de persona a persona.

Joanna observó cómo aquel hombre retomaba su carga y continuaba su ascenso. Entonces se giró también ella y siguió su camino. No había hecho nada por cambiar la vida de él. Pero desde ese día, los senderos de montaña que recorren el Himalaya aparecieron ante sus ojos con una nueva luz y dentro de Joanna algo cambió. No es que de repente creyera en la reencarnación o se hubiera convertido a la fe tibetana. Simplemente, se percató de que había caído una barrera y de que su corazón se había abierto.

La meditación tibetana en torno a la madre nos recuerda que cada ser vivo pudo ser alguna vez nuestra madre o incluso nuestro hijo. Nos enseña a dirigirnos a los demás con amabilidad, porque cada compañero, atacante, necesitado u oprimido que lucha por su supervivencia en un conflicto potencialmente mortal pudo habernos cocinado un tazón de arroz cuando era nuestra madre. Esta es una idea profundamente conmovedora que, como por arte de magia, nos dibuja una afectuosa sonrisa en los labios cada vez que nos encontramos en nuestro camino con un transeúnte o nos cruzamos con alguien al que hasta ese momento no hemos conseguido perdonar.

Amar a la humanidad en su conjunto no es lo mismo que amar al ser humano que está ante nosotros. Salvar al mundo no es lo mismo que reconocernos a nosotros mismos en otra persona. Ver en cada ser con el que nos encontramos a nuestra propia madre o a nuestro propio hijo nos proporciona una perspectiva completamente nueva. Conocer bien a alguien significa mirarlo a la cara y ver qué se esconde tras ella. La empatía y el amor vencen a la distancia y a la discriminación.

EL SANADOR HERIDO

Solo quien conoce el dolor puede comprender los sentimientos ajenos

En la psicología de C. G. Jung se describe el arquetipo del «sanador herido»: solo quien ha sufrido un desgarro alguna vez puede curar adecuadamente a los demás. Haber conocido el dolor en carne propia permite entender cómo se siente otra persona en medio de su sufrimiento. Los verdaderos sanadores son personas que pueden ayudar al resto porque se han curado de sus heridas.

La inspiradora novela de Jean Giono *El hombre que plantaba árboles* nos habla de un hombre que plantó él solo cientos de miles de árboles y que, de ese modo, transformó un paisaje yermo en un bosque paradisíaco. Lo que me interesa no es tanto la impresionante contribución que prestó a la naturaleza el protagonista, Elzéard Bouffier, como su proceso de autosanación. Aquel hombre realizó su labor de una forma tan silenciosa y discreta que los habitantes de una aldea cercana acabaron creyendo que el bosque había surgido de manera espontánea, por obra de algún milagro, sin pensar que tras aquella reforestación había, árbol a árbol, una mano humana.

En el libro se presenta a Bouffier como un pastor solitario y de aspecto avejentado, aunque en realidad solo tenía unos 50 años. Antes de llegar a aquella región, había regentado junto con su familia una granja situada en otra zona, hasta que sufrió un duro revés del destino: su único hijo murió de forma repentina y pronto también su mujer perdió la vida. Solo ya en el mundo, Bouffier decidió irse de su pueblo, que albergaba demasiados recuerdos de sus seres queridos, y, con la única compañía de su perro, inició su peregrinaje.

Llegó a una región desconocida en la que escaseaba el agua potable y allí se instaló en una cabaña abandonada, situada en la falda de una montaña. En esta parte de la novela intuimos ya lo profunda que debía de ser la tristeza del protagonista; una tristeza que, unida a la soledad, lo hizo envejecer rápidamente. El hombre vivía tan apartado que acabó olvidándose de hablar.

Sin embargo, al cabo de tres años de total aislamiento, un día abrió la puerta de su cabaña y salió al mundo. Entonces empezó a plantar semillas de árboles en las laderas yermas, en las que hasta entonces solo crecían matorrales de lavanda silvestre. Cada noche sacaba un saco con las bellotas que había ido reuniendo durante el día, las esparcía sobre la mesa y seleccionaba las mejores: las que estaban intactas, las que no presentaban grietas. Es como si, para combatir su dolor, se dedicara a elegir las emociones sanas y positivas y a apartar cuidadosamente todo lo que se encontraba roto o herido por dentro, para evitar que siguiera robándole las ganas de vivir.

«El pastor que no fumaba fue a buscar un pequeño saco y derramó un montón de bellotas sobre la mesa. Empezó a examinarlas, una por una, con gran concentración, separando las buenas de las malas. [...] Tras haber puesto aparte un montón bastante grande de bellotas buenas, las separó por decenas.

Mientras tanto iba eliminando las pequeñas o aquellas que estaban ligeramente agrietadas después de escudriñarlas más detenidamente. Cuando hubo seleccionado cien bellotas perfectas dejó el trabajo y nos fuimos a dormir».*

Plantar árboles era su vía de sanación. Bouffier continuó incansablemente su tarea. Después de plantar a diario cien semillas sanas a lo largo de treinta y siete años, cientos de miles de árboles habían crecido ya en las laderas. El páramo se había convertido en un bosque, el aire había cambiado y la aldea cercana, que antaño solo contaba con tres habitantes, se había convertido en una pequeña ciudad en la que vivían diez mil personas. Gracias al compromiso de un solo ser humano, una región inhóspita se había convertido en un próspero terreno.

El trabajo al aire libre había permitido a aquel hombre recobrar sus fuerzas —tanto físicas como mentales— y recuperar sus ganas de vivir. Cada vez que hacía un agujero en la tierra muerta con su estaca de hierro e introducía en él una semilla, enterraba su tristeza y sembraba esperanza en una nueva vida. Mediante este trabajo curó su propio dolor y, al mismo tiempo, el de aquel paisaje marchito, lo que supuso un milagro en la tierra. A medida que, en plena naturaleza, hablaba con el cielo, con el viento y con los árboles, se iban cerrando las heridas que había abierto el destino en su alma y regresaba la paz interior.

A veces el destino nos juega malas pasadas. Cuando nos sobreviene alguna desgracia, caemos con el alma rota y, en la tierra

* El fragmento entrecomillado se extrajo de la traducción de Manuel Pereira de la obra de Jean Giono *El hombre que plantaba árboles*, Círculo de Lectores, Barcelona, 2000, pp. 15 y 17. *(N. de la T.)*.

de la cicatriz de nuestro corazón, en lugar de flores solo crecen arbustos espinosos. Cada vez que la vida nos ponga ante una dura prueba, debemos preguntarnos qué podemos hacer para curarnos, y no solo para curarnos a nosotros mismos, sino también a nuestro entorno. Porque el poder de autosanación del ser humano puede tener este efecto: nos permite superar la tristeza y recuperar nuestro equilibrio interior, y, una vez que nuestra alma se reequilibra, nos ayuda a crear un entorno próspero. Buscar bellotas fértiles y plantarlas en la tierra nos habla de la visión de un magnífico bosque. Sin esa visión, la aridez y la desolación reinarían no solo en nuestro corazón, sino también en el mundo que nos rodea.

Saber vivir no consiste en evitar la infelicidad, sino en hacer lo posible para que, cuando lleguen las condiciones desfavorables, seamos capaces de plantar semillas sanas. Se trata de confiar en la fuente de la vida. Las adversidades son como el viento que despoja a las semillas de su capa protectora hasta que solo queda de ellas el núcleo, que desarrolla una sorprendente tenacidad. El naturalista Henry David Thoreau dijo en cierta ocasión: «Creo firmemente en el poder de la semilla. Si me dices que tienes una simiente, esperaré milagros».

El narrador de la novela, que conoció a Elzéard Bouffier durante una travesía a pie por los Alpes, dice de él: «Había paz estando con ese hombre. [...] Tuve la impresión de que nada podía sorprenderle».*

Así pues, podemos sanar nuestras heridas y superar nuestros problemas haciendo algo por los demás y por el mundo. Cuanto mejor conozcamos nuestro propio dolor, mejor po-

---

* Jean Giono, *El hombre que plantaba árboles, op. cit.*, p. 17. (N. de la T.).

dremos curar a los demás. A esto se refiere C. G. Jung cuando habla del «sanador herido».

Después de acompañar al protagonista de la novela durante varias décadas, su autor, Jean Giono, extrae la siguiente conclusión: «Los seres humanos pueden llegar a ser tan eficaces como Dios en otros ámbitos aparte del de la destrucción».*

No siempre las personas que fueron dañadas se dedican a destruirse a sí mismas o a los demás. Mientras que la mayoría de los seres humanos se limitan a aislarse y lamerse las heridas, Bouffier decide cambiar el mundo. La plantación de árboles, una acción con la que intenta curarse de su soledad y de su infortunio, le permite regalar a una serie de personas desconocidas —que estaban «siempre odiándose entre sí» y para las que «no existía nada salvo esperar la muerte»—** un bosque lleno de vida, con murmullos de riachuelos y gorjeos de pájaros. El mensaje de *El hombre que plantaba árboles* es sencillo, pero potente: se trata de la historia de un sanador herido.

---

* *Ibidem.*, p. 25. (N. de la T.).
** *Ibid.*, p. 34. (N. de la T.).

Curemos a los demás, en lugar de aterrorizarlos. Sanémoslos, en lugar de atacarlos. Tanto el ataque como la sanación son fenómenos de resonancia: la energía que emitimos vuelve hacia nosotros en la misma forma en que partió. El mundo es como una montaña y lo que nos devuelve es el eco de nuestra propia voz. No tiene sentido pensar «yo canto bien, es la montaña la que desafina». La vida no funciona así.

SOBRE EL HIRIENTE PODER DE LAS SEGUNDAS FLECHAS

Por qué solemos ser nosotros quienes más daño nos hacemos

Un maestro preguntó a su discípulo: «¿Te dolería que una flecha se te clavara en el cuerpo?».

—Desde luego que sí —respondió el alumno.

—¿Te dolería aún más que una segunda flecha se te clavara exactamente en el mismo punto? —quiso saber el maestro.

El discípulo asintió. «Sería terriblemente doloroso».

—Cualquiera de nosotros puede ser alcanzado por una flecha, pero el nivel de dolor que provoca solo depende de uno mismo.

La primera flecha simboliza un acontecimiento objetivo; la segunda representa la reacción emocional ante lo ocurrido. Todas las personas experimentan pérdidas, fracasos y catástrofes a lo largo de su vida. Sin embargo, buena parte de su dolor tiene que ver con la manera en que reaccionan. Esto significa que, aunque la vida sea un verdadero suplicio, la flecha que más nos afecta es la segunda, es decir, la que nos disparamos nosotros mismos, ya que aviva enormemente el dolor inicial.

Hacía veinte años que cierta mujer se había separado de su marido. Desde entonces, la ira que sentía hacia su ex y hacia el trato tan injusto que él le había dado la quemaban por dentro. No podía parar de criticar a su antiguo cónyuge delante de sus hijos y de sus amigos. Como era incapaz de confiar en algún otro hombre, ninguna de sus relaciones posteriores duró más de un mes. En su interior ya no quedaba espacio para sentir amor porque había disparado contra sí misma demasiadas segundas flechas. Su empeño en mantener su fría ira la dejó bloqueada en un estado de *shock* que impedía que alguien se le acercara.

No fue hasta que recibió el diagnóstico de leucemia cuando comprendió que no quería llevarse toda aquella cólera a la tumba. Lamentó haber dejado pasar su vida sin amor. Después de conocer a Elizabeth Kübler-Ross, coautora de *Lecciones de vida*, se dijo que, ya que no había podido vivir con serenidad, quería, al menos, morir en paz. Había necesitado mucho tiempo para entender que se había amargado ella sola la vida, por ser víctima de sus segundas flechas. Aferrarse a lo que hemos perdido es el camino más corto hacia la pérdida de todo lo que aún tenemos.

Cuando sentimos que una situación es desagradable o que algo no nos conviene, a menudo le damos más vueltas de lo necesario. Supongamos que estamos conduciendo y que otro vehículo se pasa a nuestro carril sin activar previamente las luces intermitentes. Entonces empezamos a insultar a su conductor y nos sentimos terriblemente enojados: una segunda flecha que, en cuanto se dispara, acelera nuestro pulso y nos impide pensar con claridad. Imaginemos ahora que nos hemos tomado un fin de semana libre para participar en un taller de meditación, pero un día antes, sin apenas antelación, la actividad se cancela. Pues bien, en lugar de encontrar silencio y paz en ese centro de meditación idílicamente situado en medio del bosque, la ira hace acto de aparición en nuestro plan y una segunda flecha sale disparada no solo en dirección a los organizadores, sino también hacia nosotros mismos. Imaginemos que, con la mejor de las intenciones, hemos ayudado a otra persona, pero ella no nos lo agradece debidamente. Todos hemos vivido alguna vez esta situación con nuestros hermanos o amigos. Esta decepción puede hacernos sentir durante unos instantes una punzada en el corazón, pero lo que más nos afecta son las flechas emocionales que salen de nuestro propio carcaj.

Uno de mis amigos fue acusado en cierta ocasión de algo que no había hecho. Aquella acusación carecía de cualquier fundamento, pero corregir una percepción distorsionada de la mente humana es cualquier cosa menos sencillo. Incluso esas personas que proclaman con orgullo lo honradas y sinceras que son culpan injustamente a otros siguiendo su propio interés o dejándose llevar por la envidia. En este caso, los cargos eran tan graves que algunos individuos del entorno más cercano de mi amigo cortaron su relación con él. Si se hubieran esforzado por analizar la situación con más detalle, habrían llegado a la conclusión de que aquello no era más que una malvada calumnia, pero no a todo el mundo le interesa recabar información: mientras la verdad aún se está atando las agujetas de sus tenis deportivos, la mentira ya corrió por medio mundo.

A mi amigo lo asaltaban (incluso en sueños) sentimientos relacionados con la humillación, la traición, el odio y la venganza, que le impedían disfrutar del aquí y el ahora. Como una planta que necesita un nuevo tiesto porque el antiguo le quedó pequeño, las raíces de las emociones negativas se extienden rápidamente por la maceta de nuestro corazón. No debemos permitir que las heridas emocionales ocupen demasiado espacio en nuestro interior. Por aquella época le pregunté a mi amigo qué era peor para él: ¿la situación en sí o su reacción emocional? Al final, no nos queda más remedio que hacer lo que hizo él en su momento: arrancarnos valientemente la flecha que nos hemos disparado a nosotros mismos. La vida es demasiado corta como para estar enojados con los demás y autosabotearnos.

Buda recomendaba que, si nos alcanzaba alguna flecha, nos diéramos permiso para sentir dolor, pero manteniendo a raya el sufrimiento. En cierta ocasión se acercó a visitar a uno de sus discípulos, que estaba enfermo, y le enseñó a mantenerse despierto aun cuando lo martirizara el dolor. No permitir que las heridas se hagan demasiado profundas, no dejarnos llevar por las decepciones, no entregarnos al padecimiento: de ese modo esquivaremos la segunda flecha. El dolor solo debe permanecer unos instantes, la ira ha de ser transitoria, la tristeza únicamente puede durar un momento. Cuando pase ese periodo, volveremos a ver con claridad y a concentrarnos en otras cosas.

Ante la primera flecha podemos reaccionar hábilmente, pero siempre nos resultará más difícil lidiar con la segunda. Como decía Kalu Rinpoche: «El perdón no consiste en eximir a alguien que nos ha herido, sino en liberarnos de nuestro resentimiento, nuestra ira y nuestro odio hacia esa persona».

Había un pueblo cuyos habitantes decidieron arar una pradera y plantar en ella perales con la esperanza de que sus frutos aliviaran su pobreza. Así, dispusieron diligentemente las plántulas y las abonaron con estiércol. Solo el mero hecho de contemplar cómo aquellos arbolitos iban creciendo año tras año les proporcionaba una inmensa alegría.

Sin embargo, cuando estaban a punto de cosechar los primeros frutos, descubrieron que no se trataba de peras, sino de manzanas: los aldeanos se habían equivocado a la hora de seleccionar los esquejes. Dado que llevaban mucho tiempo esperando la bendición de las peras, su decepción fue enorme. ¡Sencillamente, no podían aceptarlo! Así pues, decidieron cerrar los ojos a la realidad y empezar a llamar «peras» a las manzanas.

Sin embargo, eso dio lugar a otro problema: ya existían manzanos en la zona, que, por si fuera poco, daban abundantes frutos, así que no sabían cómo debían referirse a ellos a partir de entonces. Para evitar confusiones, resolvieron que en adelante los denominarían también «peras». Fue así como desaparecieron las manzanas del lugar.

Cada vez que acudían al mercado a vender sus «peras», los vecinos de otras aldeas se burlaban de ellos. Los aldeanos se sentían humillados y engañados por aquellos árboles tan chiflados que les proporcionaban manzanas en lugar de peras. Llegó un momento en el que su ira era ya tan grande que se precipitaron sobre la colina y talaron todos los árboles. Así pues, después de todos aquellos años de duro trabajo, solo les quedó la decepción y la ira. ¡Qué segunda flecha tan fulminante habían disparado contra sí mismos! Yi Chong-Jun cuenta esta historia en su relato «Los manzanos locos».

¡Cuántas veces deseamos tener peras cuando las manzanas cuelgan de las ramas! El mayor sufrimiento en esta vida surge cuando el deseo de peras de nuestro corazón no se corresponde con las manzanas del mundo real. Nos tomamos aquello que nos sucede de forma personal y enseguida lo cargamos de emociones. Lo que más dolor nos causa es nuestra interpretación de lo ocurrido, y no tanto lo ocurrido en sí. Vivir sin dolor no significa borrar de golpe todos los problemas, sino no complicar emocionalmente la situación.

Ante las flechas que llegan del exterior podemos optar por huir o por esquivarlas. Pero ante las flechas que llegan de nuestro interior no hay escapatoria posible. Lo peor para la mente es la rumiación de pensamientos, porque obra en nosotros el mismo efecto que una flecha envenenada. «Es bueno sentir un problema —decimos en Corea—, ¡pero no hasta el punto de desmoronarnos con él!».

Si algo nos afecta desde el exterior, queda fuera de nuestra intervención y de nuestro control. Lo que sí está en nuestras manos es impedir que a esa primera flecha le siga una segunda. Evitar dispararla: eso es lo complicado. Evidentemente, se necesita una firme voluntad para que nuestra vida no se vea alterada por las circunstancias externas. Cada vez que nos suceda algo que no deseamos, debemos examinar la situación y preguntarnos «¿de verdad quiero lanzarme una segunda flecha?». La vida ya nos suele provocar bastante dolor, pero duele aún más ser estúpido: «Lo que los demás te hagan se convertirá en su karma, pero tu reacción ante ellos se convertirá en el tuyo».

En cierta ocasión le preguntaron al sabio vietnamita Thich Nhat Hanh si también en el nirvana —es decir, una vez que se ha alcanzado la iluminación— existe el sufrimiento. Él respondió: «Por supuesto que sí. En todas partes suceden cosas dolorosas. Pero quien está familiarizado con el arte de lidiar con ellas puede transformar este dolor en dicha».

Ese arte consiste en reconocer cuándo estamos lanzando una flecha contra nosotros mismos. Tan pronto como seamos conscientes de ello, podremos poner fin a esa inclinación. Ese es el extraordinario efecto de la atención.

MADRE BALLENA

Suéltate de las rocas a las que te estás aferrando

En su libro *Hidden Journey: A Spiritual Awakening* [El viaje oculto: un despertar espiritual], el maestro Andrew Harvey narra la historia de un estadounidense que, al entrar en una crisis existencial, decidió irse de Nueva York, mudarse a una isla de Hawái e instalarse entre sus indígenas. Al cabo de unos tres meses, el jefe de la tribu que lo había acogido le anunció que había llegado el momento de presentarle a la ballena, a la que veneraban y consideraban como un miembro más de su comunidad. Cada vez que la llamaban, el animal acudía al mismo punto de la costa para jugar con ellos.

«Lo único que tienes que hacer es esperarla en el agua —le explicó aquel jefe—. La ballena sentirá tu presencia y se acercará a ti».

La tribu se refería a ella como «la Madre». El urbanita de Nueva York pensó que el indígena estaba un poco chiflado y, en secreto, decidió probar suerte mudándose a otro lugar antes de que él mismo se volviera también un tipo excéntrico. Sin embargo, como apreciaba al jefe y no quería ofenderlo, lo acompañó hasta aquel lugar misterioso.

En la fecha fijada, todos los miembros de la tribu siguieron a su líder hasta una bahía rodeada de rocas de basalto. Todo eran risas y alegría. Dado que el estadounidense les había tomado cariño, no le importó que en ese momento le hicieran muchas bromas. Sin embargo, de repente se acordó de que no sabía nadar. Cuando se lo comunicó al jefe, pensó que después de aquello el espectáculo había terminado.

En cambio, el líder local lo tranquilizó: «No hay de qué preocuparse. Lo único que tienes que hacer es agarrarte a la roca que sobresale ahí arriba. La Madre se encargará de todo lo demás».

Nervioso, el estadounidense observó el lugar hacia el que señalaba el jefe, que también le indicó que debía desnudarse y le explicó que no había nada que temer. No tenía más que dejarse llevar por el agua.

Siguiendo las instrucciones del líder, el forastero se acercó, titubeando, hasta la zona rocosa, se desnudó y se deslizó en el agua. Todo su cuerpo temblaba.

Oyó cómo los miembros de la tribu empezaban a cantar tras él. Justo en ese momento ocurrió lo más asombroso que había vivido jamás. Si alguien le hubiera dicho que alguna vez experimentaría algo así, no le habría creído.

A unos quinientos metros de donde se encontraba apareció en la superficie del agua la mayor ballena que había visto nunca. Su terso lomo, negro como el ébano, resplandecía a la luz del sol. En ese instante, todo lo que el viajero había considerado real hasta entonces se esfumó. Él, que no sabía nadar y se agarraba, temblando de miedo, a una roca, sintió de repente que la ballena percibió su temor y le envió oleadas de energía pura, que le proporcionaron una sensación de calidez y obraron en él su poder sanador. No podía describirlo de otra forma. En ninguna lengua de este mundo existían palabras adecuadas para explicar lo que vivió. Estaba seguro de que la ballena sabía que no podía nadar y le estaba transmitiendo vibraciones que solo podían corresponderse con el concepto «amor». Aquella energía de amor inefable era extraordinariamente serena, intensa y sobrenatural. Lo único que él tenía que hacer era aceptarla y confiar en que todo saldría bien.

Entonces la ballena empezó a moverse. El hombre necesitó unos instantes para comprender qué era lo que se proponía hacer. Lentamente, paso a paso y permaneciendo en todo momento en posición horizontal, el animal se le acercó para evitar que las olas lo alcanzaran o incluso lo arrastraran hacia las profundidades. Por fin, llegó a su lado. El estadounidense se sentía tan sobrecogido que ni siquiera sabía qué hacer. En ese momento, el jefe de la tribu se inclinó sobre las rocas, en su dirección, le colocó la mano sobre la cabeza y le indicó: «Toca a la Madre. ¡Vamos! ¿Acaso no quieres tocar a tu madre?».

Así pues, el viajero extendió su temblorosa mano hacia la piel negra y brillante de la ballena, que respondió acostándose bocarriba, de manera que pudiera acariciarle la panza. El hombre sintió tal cercanía que se diría que él era realmente el hijo y que la ballena era su querida madre. Al cabo de un rato, el majestuoso animal empezó a alejarse, deslizándose silenciosamente a través del agua.

La despedida fue tan delicada que el estadounidense tuvo la sensación de hallarse fuera del tiempo y del espacio: en la dimensión en la que se había reunido con la ballena y en la que ella le había abierto su corazón no había lugar para lo temporal ni para el adiós. Allí permanecerían unidos para siempre.

El hombre dejó de tener miedo. Todos sus temores se habían disipado gracias a aquel milagro. Cuando tocó el vientre de la ballena, le llegó el amor de todo el mundo. Se soltó de las rocas a las que se estaba agarrando y se sumergió en el agua. Sabía que en ese momento podía nadar y se sentía feliz, eufórico.

Pese a que nunca más volvió a ver a la Madre ballena, ahora tenía la absoluta certeza de que siempre lo acompañaría su amorosa energía. Aquella experiencia cambió por completo su percepción del mundo. El miedo a hundirse como una piedra en el mar de la vida se convirtió en la confianza de ser capaz de nadar en sus aguas. Sabía que desde ese instante podría salir adelante por sí solo. Solo tenía que soltarse de las rocas a las que se estaba aferrando.

ERRORES DE TRANSCRIPCIÓN

*Por qué no debemos buscar
la verdad en las antiguas transmisiones*

Un joven novicio fue enviado por su orden a otro monasterio para que ayudara a los hermanos de más edad a transcribir las Sagradas Escrituras. Desde hacía siglos, en aquel edificio de venerable antigüedad no se había hecho otra cosa más que copiar el texto de la Biblia. Una vez que la primera generación transcribió el original, la siguiente generación hizo lo propio con esa copia, y las siguientes continuaron a partir de la copia de la copia. Eso sí, tuvieron la prudencia de conservar tanto el original como una copia de los textos transcritos por cada una de las distintas generaciones. Los ejemplares de las Sagradas Escrituras que salían de aquel monasterio iban acompañados de un halo de autenticidad y se enviaban a otros monasterios, donde se consideraban el modelo que había que seguir para llevar una vida religiosa. Por eso, la transcripción se contemplaba como una complicadísima tarea, en la que no se permitía cometer ni el más mínimo fallo.

El joven monje llevaba ya dos o tres meses ayudando a realizar copias cuando empezó a atormentarle una duda. Si en algún momento alguien se había equivocado al escribir aunque solo fuera una palabra, ¿acaso las generaciones posteriores no habrían seguido reproduciendo ese error sin sospecharlo siquiera? Nadie se había preocupado de comparar el manuscrito actual con el original y comprobar si todo era correcto. Al fin y al cabo, no se podía sacar el texto inicial del archivo cada vez que se hacía una copia. Pero si ese tipo de fallos, en lugar de corregirse, se transmitían a la posteridad, el problema sería grave. Así pues, el joven monje decidió acudir al abad y exponerle su inquietud.

«Como bien sabes, llevamos siglos transcribiendo las Sagradas Escrituras y somos unos expertos en esta actividad —repuso el abad—. ¡No se nos puede haber deslizado ni un solo error! Los monjes de nuestro monasterio son famosos por someterse estrictamente al celibato, mantener una abstinencia total y dedicarse con toda su alma a la transcripción. Sin embargo, es posible que tus ideas tengan algún fundamento. Por seguridad, cotejaremos el original con las copias».

A la mañana siguiente, muy temprano, el abad bajó al sótano, donde se encontraba el archivo en el que se conservaba el original. Hacía siglos que nadie abría aquella puerta.

Llegó la tarde, pero el abad seguía sin aparecer. El joven monje se sentía cada vez más inquieto. Al fin y al cabo, aquella sala había permanecido herméticamente cerrada durante años. ¿Y si al superior del monasterio le había sucedido algo? El novicio corrió escaleras abajo hacia el sótano y, de un empujón, abrió la puerta. En la estancia, en medio de la penumbra, se sentaba el abad, que estaba golpeándose una y otra vez la cabeza contra la pared mientras lloraba.

«¿Qué sucede? —preguntó, impactado, el joven—. ¿Pasó algo grave?».

Entonces el abad lo miró, desesperado: «En el original se dice *celebrare*, en lugar de *caelibatus*: ¡tenemos que celebrar la vida, y no vivir castamente!».

A lo largo de los siglos, los seres humanos han seguido una y otra vez los pasos de otros y han adoptado los estilos de vida de quienes los precedieron. Y esto no solo afecta a los ámbitos de la religión y del ascetismo. Pero ¿y si en todo este tiempo alguien, por error, convirtió «amar» en «engañar» o «sabio» en «vacuo»? ¿Y si confundió «alegría» con «pecado»? ¿Y si, equivocadamente, «felicidad» se transcribió como «propiedad»? ¿Y si también nosotros estamos transmitiendo copias defectuosas a las generaciones venideras?

El mismo problema podría darse cuando nos planteamos la pregunta de quiénes somos en realidad. ¿Y si el concepto que tenemos de nosotros mismos se basa en un error de transcripción? ¿Y si eso nos limita, en lugar de liberarnos? Nos educan para que aceptemos las convenciones sociales sin cuestionarlas. Pero ¿y si estas convenciones se han construido sobre errores? ¿Y si nuestras tradiciones se han transmitido con fallos? ¿Acaso no sería posible que una frase como «la imperfección forma parte de la perfección» se hubiera convertido, de generación en generación, en la frase «la imperfección es lo contrario de la perfección»? ¿O que «somos seres espirituales que vivimos la vida como seres humanos» se hubiera transformado en «somos seres humanos que vivimos experiencias espirituales»?

Y si es así, ¿podría ser que nuestro concepto de Dios incluya errores de transcripción? ¿Y qué hay de la definición de «muerte»? ¿Y del significado de «salvación» y «conocimiento»?

Cuanto más sagrado es el texto original, mayor es la probabilidad de que aparezcan errores, porque nadie osa cuestionar la corrección de las copias. ¿Y si la definición de «dolor» está equivocada y nos genera mayor sufrimiento que la definición original? Resulta muy revelador que en *El nombre de la rosa*, la novela de Umberto Eco, el libro prohibido y guardado en secreto en un monasterio sea precisamente una obra sobre la comedia y la risa.

¿Y si incluso en el original hay multitud de fallos? ¿Acaso no deberían reconocer ya las religiones que jamás hemos tenido la clave de todos los secretos del mundo? Y, pese a todo, seguimos creyendo en las antiguas historias de humanos y dioses. Y no solo en ellas: también convivimos con antiguos relatos acerca de nosotros mismos y los aceptamos sin dudar.

Es bastante probable que en todo aquello que no hemos experimentado en carne propia, sino que procede del exterior —independientemente de que esté relacionado con el yo, con Dios o con la vida— existan errores. Esta sospecha se extiende sobre todo a las listas de prohibiciones que pretenden privarnos de la alegría de vivir nuestras propias experiencias. Y también puede aplicarse a todas las explicaciones que se han transmitido de generación en generación. Mientras no cuestionemos las afirmaciones sobre la vida, permaneceremos atrapados en sus redes.

Todos los libros sagrados o filosóficos son una especie de guías de viaje. Existen infinidad de obras en todo el mundo que tratan de que captemos el encanto de un lugar sin necesidad de que lo visitemos. Pero ¿cuáles serían las consecuencias de que no viajáramos? ¿Quién se percataría en ese caso de los errores de las guías?

Las enseñanzas que pretenden evitar una vida alegre, libre y espontánea son, probablemente, fruto de una transmisión incorrecta. Cuando nos olvidamos de todas las definiciones y los dogmas y vivimos sin miedo el momento presente, siempre hallamos la verdad. Esas son escrituras sagradas vividas. La vida no es una transcripción: se trata de un libro que cada quien escribe por sí mismo. Somos, al mismo tiempo, autor y obra.

ANTE LA MUERTE

Cómo la rutina ahoga nuestros anhelos y deseos

Cuando tenía 10 años, sufrí una infección renal grave, así que me pasé casi dos meses sin poder ir al colegio. Cada dos días, mi madre cargaba conmigo a su espalda y me llevaba hasta el único centro de salud que había en mi pueblo para que un médico me inyectara el medicamento que me habían recetado. No podía comer ningún alimento con sal porque apenas toleraba el agua: de hecho, empecé a tener retención de líquidos. Nada parecía mejorar mi estado, así que en un momento dado un doctor de aquel centro se llevó a mi madre a un rincón un poco apartado y le anunció: «No podemos hacer nada por su hijo. Aunque observe una breve mejoría, por favor, no se haga muchas ilusiones».

Llorando, mi madre regresó conmigo a casa y desde ese momento todos a mi alrededor asumieron que tarde o temprano yo acabaría engrosando las estadísticas de mortalidad infantil, por aquel entonces aún muy elevadas. La sentencia de muerte del médico se mantuvo suspendida sobre mí, como una espada de Damocles, durante toda mi infancia. En aquel invierno, cada noche me asignaron un espacio en la planta baja, donde había suelo radiante y, por tanto, era la zona más cálida de la casa, pero yo mismo arrastraba mi futón hacia la planta alta, donde el calor no llegaba con tanta fuerza: como, de todos modos, iba a morir pronto, no quería ser entretanto una carga para mi pobre familia. Yacer en silencio, esperando sencillamente a la muerte: ese era mi plan. Pero mi madre no se rindió. Siguió llevándome al centro de salud para que me aplicaran las inyecciones.

El invierno pasó sin que mi estado mejorara. Dado que nuestra casa estaba orientada hacia el sur, el sol de los inicios de la primavera se colaba, brillante, a través de la puerta, forrada de papel. Cierto día, me arrastré hacia ella y la abrí. Al contemplar el jardín, tuve la sensación de que aquel espacio irradiaba toda la energía del renacimiento tras los fríos invernales. «Esta es mi última primavera», pensé, y mi corazón brincó de alegría. Con un enorme esfuerzo, recorrí el sendero hasta el otro lado del jardín, donde había un arriate cubierto de flores, y admiré cuanto en él brotaba y reverdecía. La energía de la nueva estación inundaba mi cuerpo y también mi mente.

Para sorpresa del médico, a partir de ese día empecé a curarme «de una forma milagrosa» y, finalmente, pude regresar al colegio. Sin embargo, su anuncio de que, incluso aunque experimentara una breve mejoría, no había ya esperanza alguna para mí, se había quedado profundamente grabado en mi corazón. La muerte parecía estar acechándome tras cada esquina. Aquello hizo que durante mi juventud me convirtiera en un fatalista depresivo, pero, al mismo tiempo, me proporcionó un motivo para disfrutar de la vida de una forma aún más intensa. «Vive como si este fuera tu último día»: aquel lema era para mí algo más que una fórmula banal y vacía.

Cuando decía cosas como «este libro será mi última traducción» o «este poemario será el último que escriba», quienes me rodeaban siempre me miraban con sorpresa. Sin embargo, para mí aquella actitud era vital, porque realmente no sabía qué pasaría al día siguiente. No es que me tomara mi existencia demasiado en serio o que cayera en la autocompasión, pero saber que existe la posibilidad de que el mañana no llegue nunca permite dar más valor al aquí y al hoy y disfrutar mucho más.

Mi infección renal se curó y también superé muchos otros peligros mortales. En una ruta de senderismo por el Himalaya escapé por muy poco de un alud en el que, en cambio, más de diez japoneses y docenas de *sherpas* quedaron sepultados sin remedio por las masas de nieve. Desde entonces, vivo siendo consciente de que lo que me resta de existencia es una prórroga.

En otra ocasión en la que iba caminando por las montañas de Nepal, el conductor de un camión aceptó llevarme en su vehículo durante un trecho de la ruta en dirección al valle. El sueño me venció durante unos instantes y en ese momento el camión derrapó hacia el borde de una roca bajo la que se abría un precipicio de cincuenta metros. El chófer pudo frenar a tiempo. Desde entonces siento como si dispusiera de un bono especial en esta prórroga de la vida. El día en que se produjo el terremoto de Guyarat, en el que fallecieron cien mil personas, yo debía haber estado justo en ese lugar, pero poco antes de salir hacia él cambié de idea porque vi que los trenes estaban tan llenos debido a una festividad hindú que la gente tenía que viajar encaramada en los techos de los vagones.

Unos minutos antes de los atentados de Benarés también estuve en el escenario de los hechos.

¿Soy yo la única persona que lo percibe? La vida es una sucesión única de milagros, un continuo salvarse por muy poco, un librarse del mayor de los peligros gracias a la intervención de una mano divina.

El gran escritor Dostoyevski quedó tan impactado al enterarse de que su padre había muerto a manos de unos campesinos que desde los 16 años sufrió de epilepsia. Con 28 años fue condenado a muerte por formar parte de un movimiento revolucionario. Tras pasar un largo periodo aislado en la cárcel, cierto día fue conducido a un patio de armas en San Petersburgo. A los condenados se les distribuyó en grupos de tres y se les ató a unos postes clavados en el suelo.

Literalmente en el último minuto (los miembros del pelotón de fusilamiento tenían ya el dedo en el gatillo) llegó un soldado corriendo y gritó: «¡Detengan la ejecución!». El zar había indultado a los sentenciados a muerte a través de una dispensa especial. Dostoyevski se había asomado al abismo y en el último momento se había salvado. Un amigo suyo, que estuvo atado a su lado, enloqueció por culpa de aquella experiencia, y el propio escritor jamás olvidó el momento en el que había mirado a los ojos a la muerte. Fue entonces cuando decidió que durante el resto de su existencia se dedicaría a la literatura y a expresar «aquello que los muertos ya han conocido». Y escribió: «Cuando miro al pasado, pienso en cuánto tiempo he perdido. La vida es un regalo. Cada momento puede ser un instante lleno de bendición. Me despedí de mis antiguas ideas, pero mi corazón permaneció intacto en mi interior. Aún dispongo de carne y de sangre para amar, para sufrir, para ansiar y para recordar».

Cuando, después de cuatro años de exilio, Dostoyevski regresó a Rusia, escribió obras maestras eternas, como *Memorias de la casa muerta, Memorias del subsuelo, Los hermanos Karamázov* o *Crimen y castigo.*

La vida se vuelve más preciada cuando somos conscientes de la finitud de los días que tenemos por delante. Cuando sabemos que somos los afortunados que han escapado por muy poco de la muerte, dejamos de perder el tiempo con minucias y sentimos que cada día de más es un regalo. Recibimos cada nuevo amanecer con más fervor y lo amamos con más intensidad. Al echar la vista atrás, lo que más lamentamos es no haber vivido cada momento de manera consciente, así que lo lógico sería que decidiéramos honrar a partir de ahora cada instante de nuestra vida.

En una entrevista para un diario francés, un periodista preguntó al escritor Marcel Proust cómo creía que actuarían las personas si supieran que dentro de poco se desencadenaría una catástrofe. Esta fue su respuesta:

> Tan pronto como la muerte nos amenaza, la vida, de repente, nos parece grandiosa. Solo podemos pensar en todos los planes y viajes, en el amor y el saber, que la vida nos depara en secreto. Y en que, por pereza, siempre aplazamos todas esas cosas. Pero cuando sentimos que es posible que jamás logremos realizarlas, vuelven a parecernos hermosas. ¡Oh, si saliera vivo de esta catástrofe, cuántas cosas haría! No desperdiciaría ni una sola ocasión de visitar galerías, de vivir horas de pasión con mi amada, de viajar a la India. Pero al final la catástrofe no se produce y nos quedamos sin hacer nada. Tarde o temprano, volvemos a la rutina, en la que la pereza relega a un segundo plano cualquier anhelo. En realidad, no deberíamos sufrir una catástrofe para amar la vida aquí y ahora. Simplemente, necesitamos tener claro que es finita y que la muerte podría atraparnos esta misma noche.

EL JEFE NO LO HAGO BIEN

El método indio para librarse de un líder impopular

Entre los pueblos indígenas de Norteamérica es habitual poner a las personas nombres que reflejen determinados acontecimientos o características especiales. Por ejemplo, si de repente todos los miembros de la tribu están de acuerdo en ir a un lugar, pero uno de ellos se niega a hacerlo, a partir de entonces se lo conocerá como El que No Quiere Ir. A la primera persona que aparezca en la aldea durante un aguacero se le denominará Gotas en la Cara, y un niño que sea capaz de doblegar a un búfalo en plena estampida y obligarlo a agacharse hasta sentarse en un charco se ganará el nombre de Toro Sentado. También nacieron siguiendo este mismo modelo nombres como No Sé hacia Dónde Ir, Cosa Inacabada o Llegas Justo a Tiempo. Como es natural, lo habitual es que sean los otros quienes empleen los nombres, y no su portador, así que esta manera de asignar denominaciones funciona como un espejo que permite al interesado verse con los ojos de los demás.

El curandero Oso Soleado, de la tribu de los chippewa, explica a través de los nombres qué significa ser jefe de la comunidad. Este es un cargo que en la tradición india no suele ser hereditario, sino que se concede a un miembro de la tribu contando con el visto bueno de todos los demás. Es frecuente que en las asambleas el jefe se siente en círculo con ellos para debatir los asuntos pendientes entre todos, en una relación de igual a igual. Si el líder elegido quiere conservar su posición, debe someterse a la voluntad de la tribu y respetarla.

En caso de que adopte decisiones importantes de manera arbitraria, dé órdenes que perjudiquen los intereses de su pueblo o acuerde pactos con otra tribu que sean contrarios a los deseos de su gente, por la noche los demás desmontarán sus tipis, los trasladarán a otro lugar y dejarán solo a su dirigente. Cuando, a la mañana siguiente, él se despierte, descubrirá que ya no queda nadie a su alrededor. Así pues, no es necesario esperar cuatro o cinco años para deshacerse de un líder, a diferencia de lo que suele ocurrir en el mundo del hombre blanco.

Hace tiempo existió un jefe llamado El que No se Entera de Nada, le Digas lo que le Digas. Cierta mañana se despertó con una extraña sensación. El canto de los pájaros que revoloteaban alrededor de su tienda azul se correspondía con la posición del sol, pero, salvando ese sonido, a aquella hora en el campamento reinaba un inusual silencio. Salió de su tipi y llamó a Siempre Obediente, su fiel subordinado. Sin embargo, él no le respondió porque al amanecer también se había sorprendido al percibir aquel insólito silencio y había salido a inspeccionar la pradera, despoblada. En aquel momento llegó corriendo, sin aliento, Haz Como Él, el representante de la tribu. Con la voz entrecortada por el esfuerzo, informó al líder de que toda su gente había huido durante la noche.

Lo que había ocurrido era que, poco antes, el jefe había fumado la pipa de la paz con la tribu de los Jamás se les Ha

Oído Decir Nada Sincero, que vivían al otro lado del río, a pesar de que sus varones jóvenes habían violado a las muchachas del pueblo y, por si fuera poco, habían asegurado que ellas los habían seguido por su propia voluntad. Pese a aquel incidente, el líder había llegado a un pacto con los hombres de aquella otra tribu sin avisar previamente a las mujeres deshonradas. A cambio de ello, había recibido un saco de No es Oro Pero Reluce. La confianza que antaño su pueblo depositó en él se había disuelto tan rápidamente como la cera de una vela encendida.

Hay que decir que este jefe también tenía un apodo muy acertado: El que no Hace Nada Solo, ya que quien movía en realidad los hilos era un curandero de malas intenciones, llamado Todo para Mí, que se quedaba con todo lo que pertenecía a la tribu y que, apoyado por sus fieles seguidores y por el propio líder, que no era más que un títere, obligaba a todos a bailar al son que él tocara. Sin embargo, aquello contravenía la tercera norma del código ético ancestral de los indios: «Descúbrelo todo por ti mismo. No permitas que los demás te marquen el camino. Se trata de tu propia senda y debes recorrerla tú solo. El resto de las personas pueden tomar el mismo camino, pero nadie puede recorrerlo por ti».

Otro de los problemas de aquel jefe era que no sabía distinguir entre lo que le pertenecía a él y lo que correspondía a la comunidad, dado que también su padre había liderado la tribu durante largo tiempo y había educado a su hijo para que siguiera sus pasos, lo cual contradice la quinta regla del código ético: «No ambiciones aquello que no es tuyo, ya pertenezca a un individuo o a toda la comunidad, ya sea obra de la naturaleza o de la mano del ser humano. Solo será para ti si lo alcanzaste con tu propio esfuerzo o si se te concedió».

En algún momento, aquel líder fue demasiado lejos y entonces pasó lo que tenía que pasar: su tribu siguió adelante y el jefe El que No se Entera de Nada, le Digas lo que le Digas se quedó solo durante cien años.

¿VES LAS ESTRELLAS?

No vengas con toda la verdad

En el budismo tibetano existe un ejercicio llamado *dzogchen* («la gran perfección»). Se trata de una especie de meditación zen del Tíbet que consiste básicamente en mantener la mente despierta, pase lo que pase. Por su propia naturaleza, nuestra mente es perfecta. Debemos reconocerlo y tenerlo presente. Al igual que las nubes, blancas u oscuras, desaparecen tarde o temprano en el cielo azul, los pensamientos surgen y permanecen durante un tiempo hasta que acaban disolviéndose en la verdad absoluta de la mente. De esta observación se deduce que existe un nivel de conciencia por encima de aquel en el que nos estamos moviendo ahora, y tenemos que mantenerlo siempre alerta, tanto cuando estamos sentados como cuando nos acostamos o caminamos.

Cuando era un novicio, Nyoshul Lungtok, considerado el mayor maestro de esta tradición, no se separó ni un solo día de su maestro Patrul Rimpoché y se formó durante muchos años bajo su dirección, pero sin llegar a entender la esencia del *dzogchen*. En una noche serena, Patrul Rimpoché lo condujo a una colina. Cuando llegaron allí, se acostó en el suelo y pidió a su discípulo que hiciera lo mismo.

El maestro preguntó a Nyoshul: «¿Y dices que no conoces la esencia de tu corazón?».

Cuando Nyoshul asintió, Patrul continuó: «¿Puedes ver las estrellas que brillan en el cielo?».

—Sí, puedo verlas —respondió Nyoshul.

—¿Puedes oír los perros que ladran en el pueblo?

—Sí, puedo oírlos.

Finalmente, el maestro añadió: «Pues es eso. Simplemente eso».

En ese momento, el velo de la incomprensión cayó y Nyoshul entendió la verdadera enseñanza.

Hay otra anécdota sobre un monje *dzogchen* al que, pese a sus modestos orígenes, seguían numerosos discípulos, lo que despertó la envidia de un sabio que se jactaba de sus propios conocimientos. «¿Cómo es posible que un hombre tan corriente como este, que no lee ni un solo libro, enseñe algo a los demás? Tengo que poner a prueba su saber. Demostraré que es un charlatán y lo dejaré en ridículo delante de sus alumnos. Así le darán la espalda y vendrán a mí», reflexionó.

Así pues, se acercó al monje y le preguntó, con tono irónico: «¿Usted medita? ¿Y eso es todo lo que hace?».

La respuesta del monje lo sorprendió: «Ah, ¿hay algo sobre lo que debería meditar?».

El sabio, seguro de su triunfo, replicó: «¿Cómo? ¿Entonces usted ni siquiera aspira a estar despierto?».

A esto, el monje contestó: «¿Cuándo no lo he estado alguna vez?».

Aunque yo conocía este tipo de historias, la verdad es que no entendía del todo el *dzogchen*, así que decidí viajar junto con un amigo nepalí hasta un templo tibetano situado cerca de Katmandú para conocer al *rinpoche* que se encontraba en él. Cuando le expuse mi deseo, me acogió afectuosamente y me ofreció té de mantequilla y panqué *tsampa*. Una vez que él se terminó su té, me aclaró que el *dzogchen* es difícil y profundo y que es imposible explicarlo en unas pocas palabras, así que lo ideal era que me quedara allí al menos diez días. «Diez días no me suponen ningún problema», respondí. Inmediatamente, cambió de opinión y consideró que diez días eran insuficientes. Se necesitaba un mes entero.

Cuando me mostré dispuesto a quedarme un mes, se sorprendió y volvió a rectificar: para ser sinceros, se requerían por lo menos tres meses para aprender los fundamentos del *dzogchen* y más de un año para dominarlo de verdad.

El maestro parecía hacer todo lo posible por librarse de ese *hippie* extranjero de cabello largo. Sin embargo, no le sería tan fácil salirse con la suya. Le aseguré que podía prorrogar sin problema mi estancia durante al menos un año. Entonces él negó con la cabeza y exigió una duración de tres años, primero, y hasta de cinco años, después. Aparentemente, para el amigo nepalí que me acompañaba en aquella visita, la situación se iba haciendo cada vez más engorrosa.

Con el dedo índice levantado y voz firme, anuncié que deseaba aprender *dzogchen* con él, el *rinpoche*, aunque tuviera que quedarme allí durante el resto de mi vida. Aquel buen hombre, que se sentaba en un pedestal situado un poco más alto que yo, se mostró entonces muy apenado, se pasó las manos por la frente, se inclinó hacia mí y me reconoció que, en realidad, no sabía mucho acerca del *dzogchen*, así que lo mejor era que acudiera a otro *rinpoche* para aprenderlo. Así, salí de aquel templo igual de inteligente que había entrado.

De eso han pasado ya más de diez años. Todavía no entiendo del todo el *dzogchen*, pero sigo intentando profundizar en él y poniendo atención plena en todo lo que hago. Aquel *rinpoche* podría haberme explicado bastante bien este concepto. Seguro que, como maestro tibetano de meditación que era, no le habría resultado demasiado difícil. Pero si lo hubiera hecho en su momento, yo habría salido del templo convencido de haberlo entendido. Y habría podido transmitir mi conocimiento a otras personas. En mi mente, lo habría asociado a otros saberes y mi ego habría crecido más y más. Sin embargo, aunque esa mente, por su propia naturaleza, es perfecta, se habría ofuscado con este conocimiento aparente y, en consecuencia, me habría alejado día tras día del verdadero significado del *dzogchen*.

En lugar de eso, lo que hizo el *rinpoche* fue azuzarme con la pregunta e incitarme así a buscar las respuestas por mí mismo. Si a alguien que busca se le facilita una solución rápida para ayudarlo a acelerar su búsqueda, se le estará arrebatando la oportunidad de vivir sus propias experiencias y también la alegría de alcanzar la verdad paso a paso, porque para eso se necesita tiempo. Cuando un pájaro sale del huevo, rompe la cáscara empleando su propia fuerza. Según parece, si en ese momento se le ayuda a salir, tardará más en aprender a volar y presentará un retraso en su desarrollo porque será demasiado débil: como se habrá saltado un hito decisivo en su crecimiento, carecerá del empuje necesario en las piernas para impulsarse correctamente hacia el cielo.

Una herida no se cura antes por el hecho de que su portador escuche teorías acerca del proceso de curación: lo que se necesita es tiempo para que la piel crezca y la fisura se cierre. Cuanto más reflexionamos acerca de una cuestión, más se abrirá la puerta tras la que se esconden las respuestas. Solo quien vive un problema es capaz de encontrar una solución. Pasaron dieciocho años hasta que Nyoshul oyó la frase del maestro Patrul «¿Ves las estrellas?». Después de mi primer encuentro con el *rinpoche*, volví a visitarlo a Nepal varias veces, pero lo único que hizo en cada una de ellas fue ofrecerme té de mantequilla y panqué *tsampa* y sonreírme con amabilidad.

El filósofo francés Gilles Deleuze escribió en su momento que no aprenderemos nada de alguien que nos aconseje «¡haz como yo!». Solo quien nos propone «hagámoslo juntos» puede servirnos como guía. Y justo eso es lo que hacen los maestros que para mí son importantes. No intentan instruirme con saberes profundos y explicaciones lógicas, sino que me ayudan a descubrir mi verdadero yo oculto y a alcanzar una libertad real a través de mi propia voluntad.

En este planeta existen miles de personas que disertan acercan del mundo del espíritu, la vida y la verdad. Nos proporcionan respuestas como si se tratara de médicos que conocen todos los remedios para cualquier enfermedad. Sin embargo, a veces sus estandarizadas explicaciones resultan tan perjudiciales como un veneno, porque en lugar de acercarnos a la comprensión, nos inoculan ideas fijas. Los sabios nos recomiendan no seguir a quienes piensan que han encontrado la verdad, sino a quienes están buscando la verdad.

Olav H. Hauge, uno de los tres poetas noruegos contemporáneos más importantes, escribió los siguientes versos:

> *No vengas con toda la verdad,*
> *no vengas con el mar para mi sed,*
> *no vengas con el cielo cuando pido por luz,*
> *mas ven con un atisbo, un rocío, una brizna,*
> *como los pájaros traen consigo gotas de la artesa*
> *y el viento un grano de sal.**

Si estás buscando la verdad, no sigas a alguien que asegure poseer todas las respuestas, porque aquello que te diga servirá para que te acerques a su objetivo, y no al tuyo. No confíes en nadie que te prometa venir con el mar para saciar tu sed, porque el mar no apaga la sed. Si cuando estás buscando la luz alguien viene a ti con el cielo, te cegará.

¿Por qué entonces hay tanta gente en este mundo que se jacta de conocer todas las verdades? ¿Tanta gente que sostiene que podría poner el mar y el cielo a tus pies? Pues porque deseamos contar con este tipo de figuras de referencia; porque tendemos a asumir su visión de las cosas; porque, cuando buscamos señales casi imperceptibles en el camino en las que poder confiar para saber qué dirección debemos seguir, perdemos demasiado pronto la paciencia; porque nos da miedo encontrarnos ante la incertidumbre. Que alguien haya pintado una puerta en la pared no significa, ni mucho menos, que ese sea un punto que nos permita pasar al otro lado. Es nuestro deseo el que nos hace pensar que sí lo es. Pero solo puede surgir una puerta si nosotros mismos abrimos un hueco en la pared.

---

* Estos versos se extrajeron de la traducción de Juan Gutiérrez-Maupomé, disponible en la web <https://circulodepoesia.com/2023/04/poesia-noruega-actual-olav-h-hauge/>. (*N. de la T.*).

Recordemos los versos de la poeta Mary Oliver:

*Déjame mantenerme siempre a distancia
de aquellos que creen poseer las respuestas.
Déjame quedarme siempre junto a aquellos
que ríen asombrados, que gritan «¡mira!»,
y que, llenos de respeto, inclinan la cabeza.*

HERIR Y SER HERIDO

Ámense los unos a los otros, ¡no se torturen!

A quien me hiera ¡le pagaré con la misma moneda! Sin embargo, quien daña a otros acaba dañándose también a sí mismo. Mis heridas más profundas vienen de mí, y no de los demás. Cada vez que causo dolor a alguien, me lo causo a mí mismo.

> Una paisana mía que viajaba sola por la India tendía a pelearse con la población local, principalmente por cuestiones económicas: la tarifa de un trayecto en mototaxi, el precio de un producto... Siempre daba por sentado que los indios trataban de estafarla y, cuando los veía hablar entre sí en hindi, los acusaba de estar burlándose de ella. Un día decidió aprender aquella lengua, empezando por los insultos, así que le pidió a un joven local que formaba parte de su círculo de conocidos que le enseñase a soltar improperios en hindi. Cuando, como es comprensible, él se negó a hacerlo, ella no vio motivo alguno para cejar en su empeño. Sencillamente, aprendió —sin la ayuda del joven y con gran esfuerzo— varios insultos en diversos dialectos.

Pronto estuvo en condiciones de comprender las palabrotas más habituales, lo que sembró el terreno para sus ataques de ira: cada vez que pensaba haber captado un insulto en la conversación de los indios, lo interpretaba como una agresión personal y respondía en los mismos términos. Para asombro de los autóctonos, ahora disponía de un repertorio de expresiones malsonantes y se dedicaba a acribillarlos con una soez avalancha de palabras. En varias ocasiones se avisó a la policía, pero como las fuerzas del orden siempre tomaban partido por ella, que era la extranjera, mi compatriota se fue haciendo cada vez más temeraria. Estaba convencida de que, con aquel vocabulario recién adquirido, había reforzado su posición y la población la respetaría más.

En realidad, lo que pasó es que todo el mundo empezó a evitarla. Cada vez que entraba en un restaurante, el propietario se la quitaba de encima alegando que se había quedado sin ingredientes. El dueño de una tienda al que en cierta ocasión le había dicho de todo porque, en su opinión, las diez rupias que le pedía por un pantalón bombacho estaban por encima del precio del mercado, la siguiente vez se excusó explicando que el local estaba a punto de cerrar. Daba igual que ella se cruzara en las callejuelas con adolescentes o con niños enfrascados en sus juegos: todos callaban de repente en cuanto la veían aparecer por la esquina.

Al final no le quedó nada de su viaje. La vi varias veces sentada en la terraza de una tetería, sola, porque incluso los demás viajeros la evitaban. No entiendo por qué, de entre las muchas palabras que existen en hindi, eligió empezar precisamente por las expresiones vulgares y malsonantes. Si hubiera aprendido giros positivos, como *ab baht sundar he* («¡qué guapo/a es usted!»), *ham azkus he* («hoy me siento alegre») o *abi shital ha* y *chai lahi he* («sopla un viento frío»), se habría peleado mucho menos con los demás y su viaje habría sido más hermoso, más feliz y más placentero.

Así pues, fue ella la que más sufrió con los insultos que profería. Lo curioso es que su actitud no se debía a que la India no le gustara. Cuando nos conocimos, me explicó que aquella era la tercera vez que viajaba a aquel país. Hería a los demás y a sí misma con palabras de odio pese a que amaba la India. Tenía la sensación de que la población local estaba en su contra y pagaba las supuestas afrentas recibidas con la misma moneda. Sin embargo, lo único que consiguió es dañarse a sí misma y sentirse sola.

Curemos a los demás, en lugar de aterrorizarlos. Sanémoslos, en lugar de atacarlos. Tanto el ataque como la sanación son fenómenos de resonancia: la energía que emitimos vuelve hacia nosotros en la misma forma en que partió.

El poeta Rumi lo formuló así: «El mundo es como una montaña y lo que nos devuelve es el eco de nuestra propia voz». No podemos pensar «yo canto bien, es la montaña la que desafina». La vida no funciona así.

La vida es un libro en el que nuestras almas leen nuestra historia. Hasta que no pasemos las hojas, no sabremos qué ocurrirá en el siguiente capítulo. Lo único que sabemos es que a menudo los libros tienen un final feliz y que una historia que empieza mal no tiene por qué terminar del mismo modo. El dolor pasa, la belleza permanece.

EL MONJE Y EL ESCORPIÓN

Sobre la naturaleza de los seres vivos

Un monje se acercó al río para bañarse. Se acababa de quitar la ropa y estaba a punto de sumergirse en las frías aguas cuando descubrió un pequeño escorpión que había caído en la corriente. Estos animales no saben nadar. Era evidente que, si lo abandonaba a su suerte, se ahogaría. El monje sintió compasión por aquella pequeña criatura que estaba luchando con sus diminutas extremidades por salvar su vida, así que lo pescó con la mano para devolverlo a la tierra.

Sin embargo, tan pronto como se vio a salvo del ahogamiento, el escorpión le clavó su aguijón al monje, que lanzó un sonoro chillido y retiró bruscamente la mano, de modo que el animal volvió a caer en el agua.

Cuando el hombre vio, una vez más, al escorpión agitándose desamparado, sintió de nuevo compasión y se apiadó del venenoso arácnido. Aún no había alcanzado la orilla cuando el animal ya lo estaba picando otra vez. Ahora su salvador tenía una dosis doble de veneno en el brazo. El dolor lo obligó a contraerse de nuevo y el escorpión volvió a resbalarse de la mano. Sin embargo, tampoco entonces el monje se dio por vencido: una vez más, pescó al escorpión.

En ese momento, otro hombre que lo había visto todo desde la orilla le gritó: «¡Deje al escorpión! ¡Volverá a clavarle el aguijón! ¡Abandónelo a su suerte! No sirve de nada tener misericordia con un arácnido venenoso. ¡El animal no va a cambiar!».

El monje ignoró su consejo y avanzó de nuevo hacia la margen del río llevando al escorpión en la mano. Por tercera vez, el animal atacó su piel con el aguijón venenoso. En ese instante, el monje sintió que el dolor le llegaba ya hasta el pecho y le cortaba la respiración. Dio un traspié, pero mientras caía consiguió depositar a su torturador en tierra firme. El otro hombre, que lo había observado todo, se acercó deprisa y sacó al monje del agua, que contemplaba con una sonrisa cómo el escorpión se escondía en la arena sin ni siquiera girarse una sola vez para dedicarle una mirada.

El hombre no daba crédito a lo que veían sus ojos: «¿Pero cómo puede sonreír? —preguntó lleno de espanto—. ¡Ese animal ha estado a punto de matarlo! Volvería a aguijonearlo una y otra vez. ¿Por qué lo ha ayudado hasta el final?».

«Tiene razón —respondió el monje—. Ese animal volvería a actuar del mismo modo, pero no por maldad. Así como la esencia del agua es mojar, la naturaleza del escorpión es picar. No hacía más que seguir su instinto. No podía entender que yo estaba intentando transportarlo hasta un lugar seguro. Alcanzar este nivel de conciencia no está inscrito en su ser, pero defenderse con su aguijón sí lo está. También está inscrita en el ser de alguien que medita la necesidad de salvar cualquier vida que se encuentre en peligro. El escorpión ha sido fiel a su esencia y yo he sido fiel a la mía. Y nada de esto es incorrecto. Si el escorpión no ha actuado en contra de su disposición natural, ¿por qué habría tenido que hacerlo yo? Por eso sonrío: porque ninguno de los dos, ni el escorpión ni yo, podemos actuar de otra forma».

Escorpiones, abejas, flores, pájaros... Todos ellos viven según corresponde a su propio carácter. Por su esencia, pican, se defienden, expanden sus semillas o construyen nidos. Los comportamientos que les dicta su naturaleza son perfectos y no deben considerarse un problema.

Lo mismo puede decirse de nosotros, los seres humanos, aunque es verdad que tenemos la capacidad de «mejorar» ligeramente aquello de lo que la naturaleza, con su perfección, nos ha dotado y elevarnos desde las hondonadas del instinto, de la búsqueda de alimento, de la multiplicación de las posesiones y de la autodefensa hasta el nivel de la ayuda al prójimo, del altruismo y del comportamiento ético. Y podemos sentir compasión, actuar pacientemente y mostrar tolerancia. Hacerlo no es difícil, porque todas estas características positivas ya forman parte del ser humano.

¿A qué nivel vamos a dejarle espacio? ¿Al más bajo o al más alto? En nuestro interior viven un escorpión, un monje y un tercero que se mantiene al margen. Nos corresponde a nosotros decidir qué aspecto de nuestra naturaleza vamos a aplicar, porque en nuestros genes humanos está inscrito todo: empatía y violencia, amor y odio, egoísmo y altruismo, ignorancia y respeto. Podemos herir a otros con el aguijón de escorpión que habita en nuestro corazón o bien aprender, a través de la meditación, a calmarnos y a actuar con tolerancia.

Esta decisión determina nuestro carácter y es independiente de lo que los demás nos hagan. Si seguimos nuestros más bajos instintos, siempre nos hallaremos en el nivel inferior de nuestro propio yo, pero si nos movemos a un nivel superior, ese yo podrá desarrollarse.

Después de los ataques terroristas del 11 de septiembre en Nueva York, se hizo muy popular el siguiente cuento de la tradición *cherokee*: un anciano guerrero estaba hablando con su nieto acerca de la vida. Le explicaba las batallas que todo humano libra en su corazón: «En cada uno de nosotros luchan dos lobos. Uno de ellos es malo: está lleno de ira, envidia y codicia. También se caracteriza por la arrogancia, la mentira y la vanidad. El otro es bueno: su naturaleza está marcada por la amabilidad, la humildad y la empatía, así como por la alegría, la paz y el amor».

El nieto, que lo escuchaba atentamente, preguntó: «¿Y cuál de esos dos lobos ganará al final?».

Y el viejo *cherokee* le respondió: «Aquel al que le des de comer».

PEQUEÑOS GESTOS CON GRANDES CONSECUENCIAS
Por qué no olvidamos el amor

Hace tiempo pasé aproximadamente un mes en un hostal de Benarés situado a orillas del Ganges. Al amanecer, la luz roja del nuevo sol inundaba mi habitación y cuando me asomaba a la entrada, situado a cierta altura, podía ver todo el río a mis pies. Con frecuencia, sobre un fondo de campos amarillos de colza que se extendían en la otra orilla, aparecía un mono negro que rondaba el barandal en busca de plátanos que robar. Dos o tres casas más allá había otro hostal, regentado por una japonesa llamada Gumiko, en cuya pared de color verde envejecía, al mismo ritmo que su dueña, una buganvilia rosa.

Los peregrinos que pasaban por las provincias ubicadas río arriba tenían la costumbre de comprar largas varas de bambú y arrojarlas a las aguas para brindar a los pájaros la posibilidad de aterrizar sobre un objeto sólido en medio del Ganges. Al llegar a la altura a la que yo me encontraba, aquel verde cubría ya toda la lenta corriente, y sobre él se extendían, en forma de arcos, las blancas alas de pájaros llegados de todos los rincones: una imagen que demostraba que el invierno había quedado atrás y que la primavera había hecho su entrada incluso en el lejano Himalaya.

Junto a la pensión de Gumiko había una vieja casa en la que rentaban varias personas, entre ellas la pequeña Priya, un nombre muy popular en la India que significa «hermosa muchacha». Había cumplido ya 10 años, pero era tan menuda y tan delgada que parecía tener dos años menos. A diferencia del resto de los niños que jugaban junto al río, Priya era tímida y tenía unas profundas ojeras. De alguna manera, nos hicimos amigos. A menudo se sentaba a mi lado en la escalinata que conducía hasta las aguas y comíamos cacahuates o compartíamos galletas con los perros callejeros.

Priya siempre llevaba el cabello desaliñado, así que un día la llevé conmigo al hostal para lavárselo correctamente, es decir, con champú. No nos hizo falta utilizar la secadora porque por aquel entonces ya casi había pasado la temporada de las fiestas de primavera, así que el cálido sol se lo secó enseguida.

Pronto aquel gesto se convirtió en un ritual. Cada dos o tres días yo le lavaba la cabeza y, mientras esperábamos a que se le secara el cabello, comíamos juntos cacahuates o las botanas aderezadas con salsas que vendían los mercaderes ambulantes. Cuando mis reservas de champú empezaron a escasear, fuimos al antiguo mercado para comprar más y también le regalé a aquella niña unas sandalias, porque siempre la había visto descalza. Más tarde me enteré de que todo el mundo daba por sentado que Priya, la pequeña mimada de su familia, no sobreviviría mucho tiempo, porque desde su nacimiento había sido muy débil. De hecho, era un milagro que hubiera llegado al décimo año de vida. Sin embargo, nadie podía negar que poco a poco su cabello empezaba a brillar más y más.

Después del festival de Holi —el momento culminante de las celebraciones de primavera en el que la gente se lanza mutuamente polvos de colores—, llegó el momento de irme de

Benarés, no sin antes lavarle por última vez a Priya el cabello, ahora teñido con pigmentos rojos y azules.

Regresé en varias ocasiones a aquel rincón, pero jamás volví a lavarle el cabello. ¿Por qué? No sabría decirlo. ¿Tal vez por miedo a que la gente desconfiara de que un hombre soltero se llevara a su habitación a una adolescente? ¿O porque el estado de salud de Priya había mejorado tanto que la joven ya podía lavarse el cabello sin necesidad de ayuda? A veces, la vida es una repetición constante de lo eternamente igual, pero otras veces cambia. En cualquier caso, de vez en cuando me surgía una duda: ¿y si sus hermanas mayores, bendecidas con una abundante cabellera, le habían quitado el champú que le llevé desde Corea?

Los años pasaron volando y, de repente, Priya estaba ya a punto de graduarse en la universidad. Durante una comida a la que me había invitado su familia, una de sus hermanas, dos años mayor que ella, comentó: «Cada vez que Priya se lava el cabello nos cuenta cómo se lo arreglabas cuando era pequeña. Nos habla de esa época casi a diario».

Priya se ruborizó y yo también me sentí un poco incómodo, porque casi me había olvidado del episodio. De pronto, volví a ver a aquella niña tan delgada y con oscuras ojeras. Ahora, en cambio, se sentaba frente a mí una joven saludable con una melena larga, negra y peinada en forma de trenza. Una Priya que podría lavarle sin problemas el cabello a cualquier otra persona.

Somos tímidos e inseguros hasta que el amor de alguien nos infunde confianza en nosotros mismos. En su novela *El Palacio de la Luna*, Paul Auster escribe: «Yo había saltado desde el borde [del acantilado] y entonces, en el último instante, algo me agarró en el aire. Ese algo es lo que defino como amor. Es la única cosa que puede detener la caída de un hombre, la única cosa lo bastante poderosa como para invalidar las leyes de la gravedad».*

Decimos que somos amados, pero en realidad vivimos el amor. Sé que soy al mismo tiempo fuerte y débil. Los seres humanos somos como árboles que logran sobrevivir al invierno, a pesar de que sus hojas son suaves y delicadas. A veces la vida me hace feliz, a veces me hiere. Conocí éxitos y fracasos, poseí y perdí. Pasé por épocas en las que me mostré compasivo y por momentos en los que perdí la paciencia. Abrazo a ciertas personas y a otras las recibo con malos modos. Pero lo que me quedará de todo ello cuando al final muera serán solo aquellos instantes en los que amé y fui amado. ¿Por qué no olvidamos el amor? Porque, en los momentos en los que sentimos que vamos a saltar desde el borde de un acantilado, nos tiende los brazos para agarrarnos en el aire.

* El fragmento entrecomillado se extrajo de la traducción de Maribel de Juan de la obra de Paul Auster *El Palacio de la Luna*, Anagrama, Barcelona, 2009, p. 61. *(N. de la T.)*.

EL DOLOR PASA, LA BELLEZA PERMANECE

La herida es el lugar por el que la luz penetra en ti

Pema Chödrön nació en Nueva Jersey, en el seno de una familia de la alta burguesía. Era la más pequeña de sus hermanos. Estudió en la Miss Porter's School, el instituto privado femenino más prestigioso de Estados Unidos, y posteriormente pasó al Sarah Lawrence College, en Nueva York, una universidad famosa por los elevados precios de sus colegiaturas. Después de graduarse, se casó con un abogado y tuvo una hija y un hijo. Más tarde se mudaron a California, donde ella cursó un máster en la Universidad de California en Berkeley y empezó a trabajar como maestra de educación primaria. No llevaba una mala vida.

Sin embargo, unos años más tarde su situación cambió: descubrió que su marido y ella eran demasiado diferentes y decidió divorciarse. Después de un tiempo, volvió a casarse, esta vez con un escritor, y se trasladó a Nuevo México. Allí siguió dando clases y criando a los dos niños fruto de su primer matrimonio. Un hermoso día de primavera estaba sentada tomando tranquilamente una taza de té en el jardín delantero de su casa de ladrillo, construida en estilo mexicano, cuando, de repente, oyó que un coche se acercaba. Poco después, oyó también que una de las puertas de aquel vehículo se cerraba. Entonces apareció su marido doblando la esquina de la casa. Después de ocho años casados, él se plantó delante de ella y le anunció: «Tengo que decirte algo. Hay otra mujer. Quiero el divorcio».

En ese momento, Chödrön sintió que el mundo entero se paraba. Lo único que percibía era la inmensidad del cielo, el murmullo del arroyo que había junto a su casa y el vapor que subía desde la taza de té. El tiempo había dejado de existir, sus pensamientos se congelaron y alrededor de ella todo se esfumó. Solo quedaron la luz y un infinito silencio. Cuando despertó de aquel trance, agarró una piedra y se la arrojó al marido.

La sensación que le dejó aquel segundo divorcio fue la de haber sufrido un grave accidente de tráfico. Por mucho que sus amigos, para consolarla, la invitaran a salir al cine, a comer o a tomar unas copas en un bar, no conseguía dejar atrás su dolor ni sus heridas. Al cabo de cinco años de tristeza, un día en el que estaba sentada en la camioneta de una conocida llegó por casualidad a sus manos una revista, que empezó a hojear. Fue así como encontró un artículo de un monje tibetano que comenzaba con las siguientes palabras: «Los sentimientos negativos no son malos, ni mucho menos». Y siguió leyendo. Asentía en la lectura de cada párrafo. Se dio cuenta de que las emociones que estaba experimentando eran correctas y le estaban abriendo la puerta de un mundo que le permitiría conocer a fondo la verdadera esencia de la vida.

De ese modo se hizo consciente de que no necesitaba a ningún hombre. Lo que le hacía falta era meditar. Así pues, se rapó la cabeza y se convirtió al budismo tibetano. Se acercó al mundo espiritual sin esquivar el dolor, porque a menudo los periodos llenos de emociones negativas, como el miedo, la ira o la decepción, nos anuncian un punto de inflexión. Entendió que no hay nada en este mundo que sea eterno y que depender del pasado genera sufrimiento.

Pema Chödrön se convirtió así en la primera estadounidense ascendida oficialmente a directora de la Abadía de Gampo, el primer monasterio budista tibetano de su país. Ha escrito varios libros *bestseller*, como *Cuando todo se derrumba*, en los que comparte profundas reflexiones. Además, junto con el dalái lama y Thich Nhat Hanh, se ha convertido en uno de los referentes espirituales más influyentes de nuestra época.

Con el tiempo, llegaría a decir de su exmarido: «Fue mi mayor maestro, precisamente porque me abandonó».

Las experiencias por las que pasamos son lecciones que la vida nos envía. Los acontecimientos no «nos» suceden, sino que suceden «para nosotros». Una desgracia repentina es como un incendio que arrasa nuestra cáscara y deja al descubierto nuestra verdadera naturaleza.

Tengo un amigo llamado Manoj Baba que en su momento fue vendedor de frutos secos. Creció en Shudra, en la provincia de Bihar, en el norte de la India. De pequeño tuvo que dejar la escuela para dedicarse a recorrer las calles con una canasta en la cabeza ofreciendo cacahuates tostados. Cuando cumplió 20 años, rentó una habitación en una ciudad vecina. Por aquel entonces vivía solo y seguía vendiendo frutos secos, así que su grito «*Chinia Padam*! ¡Compren mis deliciosos cacahuates!» resonaba en las callejuelas de la localidad.

Al cabo de un tiempo conoció, con la ayuda de una agencia matrimonial, a una joven procedente de un pueblo cercano al suyo y se casó con ella. Como la novia también era de orígenes humildes, no aportó ninguna dote al matrimonio. Ya casado, mi amigo continuó vendiendo diligentemente sus cacahuates. Aunque se pasaba el día entero trabajando, apenas ganaba dinero. Sin embargo, cada día agarraba su canasta y, a pesar de su débil constitución, la arrastraba incansablemente por las calles.

Llevaba ya seis meses casado cuando una mañana, como hacía a diario, salió de su casa con la canasta de cacahuates. Poco después se dio cuenta de que había olvidado algo, así que regresó a su hogar. Cuando abrió la puerta, se encontró a su mujer en la cama con otro hombre, concretamente con un inquilino al que le habían subarrendado una pequeña habitación de su domicilio.

El tiempo pareció pararse. Mi amigo tuvo la impresión de estar flotando en un estado de ingravidez. Sus pensamientos se detuvieron. La vida también. A sus oídos no llegaba ningún ruido, como si se hallara en el interior de una campana de cristal. Cuando por fin se recuperó, arrojó los cacahuates y la canasta a su mujer y a su amante. Ella decidió refugiarse en casa de su familia.

La vida de Manoj Baba se hizo añicos. No quería volver a ver a su esposa. Más tarde se enteró de que ya tenía una relación con aquel hombre antes de la boda. Como ese vínculo no era aceptable en su sociedad, a ella no le había quedado más remedio que aceptar un matrimonio de conveniencia. Su amante la había seguido y había tenido la osadía de instalarse en su casa como subarrendatario.

Unos años más tarde, mi amigo acudió al pueblo de origen de su mujer. Ella tenía una hija y aseguraba que él era el padre. A la entrada del pueblo, mi amigo se encontró con la pequeña. Inmediatamente, se dio media vuelta: aquella niña no podía ser suya.

De ese modo perdió hasta el último vínculo que aún mantenía con su antigua vida. Ya no quería seguir vendiendo cacahuates. Incapaz de liberarse de su ira, de su dolor y de su decepción, buscó en vano una salida, hasta que un día vio pasar por la calle a un monje errante. En ese momento, decidió dejarse crecer el cabello y convertirse en *sadhu*. Sin embargo, antes de empezar a recorrer el país, ingresó en un *áshram* de Rajastán, en el que vivió durante cinco años.

Cuando le pregunté cómo se encontraba, me respondió que lo sucedido era ya parte del pasado y que se trataba simplemente de un engaño de Maya, es decir, de un espejismo. Lo cierto es que la historia que me había contado me pareció pura invención. Lo miré con escepticismo y le pedí que me mostrara qué hacía un vendedor de cacahuates. Inmediatamente estiró el cuello y gritó, bien fuerte: «¡*Chinia Padam*! ¡Compren mis deliciosos cacahuates!».

Entonces se acercó a toda prisa un hombre que vivía en la casa de al lado con la intención de comprarle frutos secos...

Hoy Manoj Baba es maravillosamente feliz y libre. No tiene discípulos, no posee libros ni tampoco pertenece a un templo. No dispone ni siquiera de una canasta que llevar en la cabeza. Piensa que todo lo que le pasa es como la meteorología y que su verdadera esencia es como un cielo infinitamente azul contra el que ningún fenómeno meteorológico puede hacer nada. Le gusta escuchar atentamente las cosas que le suceden y preguntarse qué mensaje quieren transmitirle.

El poeta Rumi escribió: «No ignores tus heridas. Examina bien la venda. La herida es el lugar por el que la luz penetra en ti».

La vida es un libro en el que nuestras almas leen nuestra historia. Hasta que no pasemos las hojas, no sabremos qué ocurrirá en el siguiente capítulo. Lo único que sabemos es que a menudo los libros tienen un final feliz y que una historia que empieza mal no tiene por qué terminar del mismo modo. El camino atraviesa el dolor, pero en un momento dado el sufrimiento pasa y la belleza permanece. Rumi también dijo:

> El sufrimiento te prepara para la alegría, ya que se encarga de barrer violentamente todo lo que hay en tu hogar para que una nueva dicha se abra camino y encuentre espacio en el interior, de agitar las hojas amarillas de la rama del corazón para que pueda reverdecer y de arrancar las raíces podridas para dejar paso a los nuevos brotes que se ocultan bajo ellas. Cada vez que el dolor estremezca tu corazón, algo mejor ocupará su lugar.

CÍRCULO TERAPÉUTICO
La sabiduría de los bembas

En una universidad estadounidense se creó un club de jóvenes de gran talento literario. Todos ellos soñaban con convertirse en autores de prosa o poesía. Resultaba difícil determinar quién era el que mejor escribía. Cada vez que se reunían en su Círculo de Críticos Literarios, se hablaban los unos a los otros de sus obras y, con sus críticas despiadadas, hacían pleno honor al nombre de su agrupación. Hasta las formulaciones lingüísticas más simples se diseccionaban y se juzgaban cruelmente. Los miembros del club estaban convencidos de que este tipo de análisis les ayudarían a mejorar su capacidad de expresión literaria. Sus encuentros acababan convirtiéndose en una especie de competencia para ver quién era el crítico más severo de todos ellos.

Además de este círculo, en la universidad había otro club de literatura, denominado Encuentros para el Debate Literario. También en él se organizaban reuniones para hablar de obras, pero con una importante diferencia: la crítica era más moderada, positiva y alentadora. Cuando se abordaba un texto, se valoraban y celebraban hasta los más modestos intentos de adentrarse en la literatura.

Veinte años más tarde se realizó un estudio para averiguar cómo había sido la trayectoria profesional de los antiguos estudiantes del centro. Se constató entonces que los éxitos literarios de los miembros de ambos clubes habían sido muy distintos. Ninguno de los numerosos talentos del Círculo de Críticos Literarios logró resultados destacables. En cambio, de la asociación Encuentros para el Debate Literario habían salido cinco escritores excelentes, cuyas notables creaciones habían recibido el reconocimiento general del mundo de la literatura.

¿En qué medida la crítica y el juicio ayudan realmente a que un individuo o una comunidad cambie y evolucione? Creemos que son elementos importantes para una convivencia sana y pensamos que solo las personas que adoptan una posición crítica son capaces de percibir de manera consciente el mundo. Por eso es natural que la mayoría de nosotros llevemos dentro, sin saberlo, un «crítico interior» que no solo se manifiesta periódicamente en nuestros pensamientos, sino que, con el paso del tiempo, también se atrinchera en la fisionomía de nuestro rostro. Bajo su efecto ha surgido una sociedad en la que todo el mundo critica y ataca a todo el mundo.

La etnia de los bembas, en el sur del continente africano, ha inventado un curioso método para conseguir que los miembros que se apartan del buen camino vuelvan a él. Es raro que alguno de ellos adopte un comportamiento contrario a la sociedad o a la moral, pero cuando eso sucede, la actitud que muestran los demás ante él es muy diferente de la que adoptaríamos nosotros. En primer lugar, conducen a la persona que ha cometido el error al centro de la plaza del pueblo. Inmediatamente, todos los vecinos dejan de hacer lo que estén haciendo en ese momento y forman un círculo alrededor del afectado. En este ritual participan incluso los niños de corta edad.

A continuación, los miembros de la comunidad van tomando la palabra, uno tras otro, para hablar de las cosas buenas que el acusado ha hecho a lo largo de su vida: su carácter positivo, sus talentos, su buena disposición, sus acciones dignas de elogio, su forma tan paciente de participar en los asuntos del pueblo..., todo ello se describe de la manera más pormenorizada posible. Eso sí, no se permiten ni los falsos cumplidos ni las exageraciones ni los chistes.

Este ritual puede durar varios días. Cada persona de la tribu habla de todos los valores loables que vale la pena mencionar y de esa manera se repasa la vida que ha llevado el interesado hasta ese instante, en lugar de abordar la falta de la que es responsable. En ningún momento se indica que la gente esté descontenta con él o considere que ha obrado mal.

Cuando todo el mundo ha terminado de exponer los aspectos positivos que ve en la persona que ha cometido el error, el ritual concluye con una fiesta en la que la comunidad, con todo su cariño, vuelve a integrarla. Estamos ante un método de refuerzo positivo que apuntala la autoestima del afectado, recordándole con amor sus aspectos buenos, en lugar de socavarla enumerando sus pecados. Los antropólogos han llegado a la conclusión de que el bajo nivel de infracciones que se observa entre los bembas se explica por este maravilloso círculo terapéutico.

En uno de mis viajes a la India tuve una discusión enorme con el propietario del hostal en el que me alojaba porque no aguantaba más la manera en la que insultaba a sus trabajadores y el inhumano trato que les daba. Airado, hice mi equipaje y busqué otro lugar en el que pernoctar, no sin antes incitar a sus empleados a que dejaran de trabajar para aquel hombre. En realidad, hacía ya diez años que yo volvía sistemáticamente a ese hostal y mantenía una buena relación con mis anfitriones, lo cual, lógicamente, cambió después de aquel desencuentro. Sin embargo, mi maestro Goraknath Chobe, que me había iniciado en el texto Bhagavad Gita, me dijo entonces algo decisivo que me serviría de lección para el resto de mi vida: «Hagas lo que hagas, hazlo con amor. Si lo haces con odio, por muy buenas que sean tus intenciones, solo cosecharás resultados negativos».

Cuando comprendí el significado de estas palabras, volví con todo mi equipaje a mi anterior hostal y me reconcilié con su dueño. A continuación, el maestro Goraknath convocó a aquel hombre y le recordó todo lo bueno que había hecho: ofrecer techo y comida gratuitamente a un viajero al que le habían robado la mochila; dar de comer a un grupo de peregrinos sin pedirles nada a cambio, y hasta tener gestos de generosidad para con sus trabajadores. Su actitud cambió desde que un empleado le robó y se esfumó en medio de la noche: a partir de ahí empezó a desconfiar de todo y de todos. El maestro logró que aquel hostelero volviera al buen camino y supo hacerle recordar todo lo positivo que había en él. Y lo consiguió porque confiaba en que, en el fondo, era una buena persona.

¡Cuántas veces portamos el puñal del reproche y de la agresión en nuestro bolsillo! Por diminuta que sea su hoja, siempre constituye un peligro. El gran monje indio Shantideva dijo en cierta ocasión: «Mientras mis antiguos hábitos de atacar y criticar estén profundamente arraigados en mi interior, seguirán siendo una fuente de tormento y generarán sufrimiento tanto para mí como para los demás. ¿Dónde podré encontrar paz y alegría en este mundo?».

¿QUÉ ME ASOMBRÓ HOY?

Visión poética

Cuando, en un centro de meditación situado en Rishikesh, en el norte de la India, expliqué que de vez en cuando me invade una sensación de melancolía y soledad, uno de los monjes me aconsejó: «Contempla el mundo con los ojos de un poeta». Me quedé sorprendido. Él no sabía que yo escribía poemas. De hecho, hasta yo lo había olvidado. «Desde la perspectiva de la poesía —continuó— todo parece nuevo: las flores, los árboles, las personas y hasta los viejos edificios».

Traté de seguir su consejo y, de repente, tuve la impresión de que todo había cambiado: el mono que cada mañana me birlaba mis plátanos; el maestro de meditación que, con sus aburridos discursos, me molestaba justo cuando estaba intentando practicar el recogimiento interior; los escasos pájaros, que parecían alborotar siempre en el mismo árbol, e incluso mi capacidad mental para percibir cada momento con una emoción completamente distinta. Todos somos imperfectos. En la vida hay etapas deprimentes y cada uno de nosotros posee un lado oscuro. Sin embargo, también podemos desarrollar compasión y asombrarnos.

Un oncólogo que trabajaba en un hospital universitario cayó en una profunda depresión debido a su trabajo. Le resultaba terriblemente difícil ver cada día a pacientes que sufrían dolores insoportables o agonizaban. Aunque había salvado la vida a muchas personas —o, al menos, había conseguido prolongársela—, no podía evitar convertirse él mismo en un paciente que tenía que tomar antidepresivos para conseguir levantarse de la cama cada mañana. Llegó un momento en que su crisis era tan grave que decidió presentar su dimisión y comenzar una nueva vida.

Sin embargo, el director de su unidad no quería dejarlo ir así como así, porque era un excelente cirujano. Por eso le recomendó que se observara a sí mismo y escribiera un diario sobre lo que veía. «No hay nada más fácil que eso», pensó el oncólogo, así que cada noche, antes de irse a la cama, empezó a plantearse las tres preguntas siguientes:

- ¿Qué me asombró hoy?
- ¿Qué me entusiasmó hoy?
- ¿Qué me inspiró hoy?

A continuación, anotaba en su diario las respuestas. En los primeros días, escribió tres veces la palabra «nada». En la siguiente reunión con su jefe, el oncólogo le advirtió que no tenía ningún sentido continuar un diario en esas circunstancias. Era una actividad fastidiosa e inútil. Pero su superior le recomendó: «Olvídate de la visión de la vida que has mantenido hasta ahora. Imagínate que eres un poeta y observa a las personas y el mundo con esa nueva mirada». A partir de ese momento, el médico empezó a adoptar, de forma consciente, otra perspectiva.

Con sorpresa, comprobó que, de un día para otro, las células cancerosas pueden crecer o menguar varios milímetros. También se sintió impresionado por el increíble amor y la paciencia que mostraba una madre ante sus dos hijos a pesar de que se estaba sometiendo a un tratamiento de quimioterapia. De repente, sintió que los pacientes que jamás se rendían en su lucha contra su enfermedad incurable —y cuyo heroísmo había pasado por alto en su rutina diaria como médico— eran para él una fuente de inspiración. Gracias a todo ello se fue recuperando lentamente de su depresión. De vez en cuando incluso preguntaba directamente a sus pacientes: «¿De dónde saca usted la fuerza necesaria para soportar su enfermedad?». Cambió la relación que tenía con ellos y su forma de hablarles. Ya no se limitaba a describirles su tratamiento, sino que también se interesaba por sus experiencias vitales, lo que le permitió mantener una cercanía personal con los enfermos. Con el paso del tiempo, descubrió aspectos de la vida en los que hasta ese momento no se había fijado.

Unas semanas más tarde, en una reunión con el director de su unidad, sacó del bolsillo un precioso estetoscopio que un paciente le había regalado: «Desde ahora no solo auscultaré el latido del corazón, sino también el sonido del alma».

Se había dado cuenta de que sabía mucho acerca del cáncer, pero nada acerca de los seres humanos.

Despertar espiritualmente significa contemplar el mundo desde una nueva perspectiva. Soñamos con una nueva vida y deseamos ir a otros lugares, pero lo que necesitamos con más urgencia es disponer de nuevos ojos. La razón puede protegernos de ciertos males, pero también nos arrebata muchas cosas, sobre todo el asombro. No nos tomamos el tiempo suficiente para observar a las personas y los objetos que nos rodean, lo que impide que nos sorprendan o nos emocionen. Hemos convertido todo en razón y hemos silenciado el corazón intuitivo. Si en algún momento te da la impresión de que ha desaparecido toda la luz del mundo, ha llegado la hora de que adoptes la perspectiva poética. La riqueza de nuestra vida se mide por la variedad de los sentimientos y por la frecuencia con la que nos sorprendemos. Un poeta, como escribe André Gide en *Los alimentos terrenales*, es quien tiene el don de «sentirse conmovido por unas ciruelas».*

Los ricos de verdad son aquellos que pueden disfrutar con un gusano sobre la hierba, con una flor singular, con una puesta de sol y con los pequeños éxitos y alegrías de la vida cotidiana. Si permitimos que las cosas nos impacten emocionalmente, nos purificaremos, seremos dichosos, incluso sagrados. Y solo si somos capaces de impresionarnos seremos también capaces de impresionar. Para que podamos avivar el fuego en el corazón de otra persona, primero debemos haber ardido nosotros mismos por algo. Una persona que no encienda su llama interior es digna de compasión.

¿Qué te asombró hoy?
¿Qué te impresionó?
¿Qué hizo que tu corazón se acelere?
¿Qué te inspiró hoy?

* André Gide, *Los alimentos terrenales*, *op. cit.*, p. 85. (*N. de la T.*).

¿Y TÚ, QUÉ HOJA ESTÁS PINTANDO?

Un regalo del cielo

Había una vez un hombre pequeño e insignificante llamado Niggle. Era pintor, aunque no de éxito. De hecho, la mayoría de la gente ni siquiera sabía que pintaba porque, si hemos de ser sinceros, en realidad casi nunca lo hacía. Tan pronto como empezaba un cuadro, inmediatamente aparecían otras tareas que pasaban a primer plano: había que reparar los cristales rotos de las ventanas o pintar esta o aquella pared, que pedían a gritos un nuevo color. Además, los vecinos, que sabían de su buen corazón, le pedían favores una y otra vez. De vez en cuando incluso conocidos lejanos acudían a él para solicitarle ayuda.

Niggle no había heredado una fortuna, así que tenía que ganarse la vida con mucho esfuerzo. El nombre de El que se Pierde en Banalidades y Malgasta su Tiempo le habría quedado perfecto.

También frenaba su producción artística el hecho de que, a menudo, después de haber completado todas sus tareas ya solo le quedaban fuerzas para sentarse perezosamente. Todas aquellas nimiedades superfluas que no le interesaban en absoluto lo dejaban agotado, así que no quería ni oír hablar de ellas. Simplemente, estar tranquilo: eso era lo único que deseaba. Además, había muchos cuadros que quería pintar, pero solían parecerle demasiado grandes y ambiciosos para su talento. Por tanto, ni siquiera se ponía manos a la obra.

Pronto iba a tener que realizar un largo viaje que le habría encantado evitar. Solo pensar en aquello le ponía de mal humor, pero no le quedaba más remedio que aceptarlo. No había escapatoria posible. Como aún no le habían comunicado la fecha exacta de su partida, fue dando largas a los preparativos.

Sin embargo, la perspectiva del viaje avivó en él las ganas de pintar: antes de irse, quería terminar un cuadro en particular al que llevaba tiempo dándole vueltas. Al pensar en él, siempre le había venido a la cabeza la imagen de una hoja agitada por el viento; después, iba apareciendo poco a poco en su mente un gigantesco árbol con infinidad de hojas y ramas. Cada una de esas hojas debía ser diferente y atrapar la luz cambiante, con todos sus diversos matices, desde los ángulos más diversos. A continuación venían a posarse en las ramas de aquel árbol una serie de pájaros con plumajes enigmáticos. A través de la hojarasca se vería un campo. Tras él, un antiquísimo bosque y, por último, unas montañas cubiertas de nieve, resplandecientes.

Para hacer realidad esta obra maestra que veía en su cabeza con todo lujo de detalles, Niggle montó un lienzo tan grande que para acceder a su parte superior necesitaba utilizar una escalera. También empezó a realizar los primeros bosquejos y a aplicarles algo de color. Sin embargo, llegados a un cierto punto, dejó de avanzar en su obra. Como siempre, una y otra vez se veía obligado a apartar los pinceles para hacer favores a sus vecinos, que no tenían ni la más remota idea del cuadro que estaba pintando. Niggle estaba deseando disponer al fin de algo de tiempo para dedicarse a la pintura, aunque solo fuera medio día. Pero cada vez que volvía a casa su motivación parecía haberse esfumado y el cansancio acababa venciendo. Aunque también había otras razones objetivas para aquella falta de progreso: siempre que se ponía a pintar, aspiraba a plasmar en cada hoja con la máxima fidelidad la luz de los rayos del sol, las sutiles sombras y las brillantes gotas de rocío, así que se perdía en los detalles.

«Pase lo que pase, quiero acabar al menos este cuadro. Al fin y al cabo, ¡tiene que ser mi obra maestra! Lo terminaré antes de irme de viaje», se propuso.

Así pues, se subía a la escalera y se disponía a trabajar, pero antes de que hubiera tenido tiempo de terminar la primera hoja, ocurría una serie de cosas que, una vez más, lo apartaban del trabajo: tenía que resolver problemas familiares, declarar como testigo en un juicio, cuidar a un pariente lejano que se había puesto enfermo y solucionar muchísimos otros asuntos inaplazables que le caían encima. Siempre había algo que hacer.

Pocos sabían de la existencia de sus cuadros, pero si su afición hubiera sido de dominio público, su situación no habría cambiado mucho, porque ninguna persona de su entorno consideraba que la pintura tuviera importancia. A sus vecinos les habría parecido más razonable utilizar un lienzo de semejante tamaño para impermeabilizar un tejado. La pasión de Niggle por la pintura era un asunto estrictamente personal. Y, por mucho que para él fuera más importante que cualquier otra cosa, le daba la impresión de que aquella pasión se estaba ahogando en su día a día.

Con el tiempo se fue apagando en él la esperanza de acabar el cuadro y solo quedó la desesperación ante la falta de avance y ante la extinción de su llama artística.

Cierto día Niggle visitó a un vecino cuya esposa estaba enferma de gripe. Al final él también se contagió. La fiebre lo fue consumiendo hasta que finalmente acudió a verlo el mensajero de la muerte, que consideró que había llegado el momento de que emprendiera su último viaje.

«¡Pero es que todavía no he terminado mi cuadro! —imploró el hombre entre lágrimas—. Por favor, ¡concédeme un poco más de tiempo!».

Pero el mensajero no estaba dispuesto a negociar. «Puede que, desde tu punto de vista, sea doloroso, pero tu tiempo se ha acabado. Tenemos que irnos».

Tras la muerte de Niggle, sus vecinos encontraron en su casa un viejo lienzo con una hermosísima pintura. «¡Pobre hombre! —se dijeron—. ¡No teníamos ni idea de que pintara!». Trasladaron el cuadro al museo local, pero poco después el edificio quedó arrasado por un incendio. Si alguien hubiera preguntado por aquel hombre a los habitantes de la localidad, todos lo habrían descrito como una persona ingenua, insignificante, nada llamativa.

¿Y qué ocurrió con el fallecido? Mientras todo aquello ocurría, él viajaba en un tren rumbo al cielo. A medio camino escuchó a lo lejos dos voces que se dirigían a él. Una de ellas lo reprendía con un tono severo por haber malgastado su tiempo en nimiedades y haber desperdiciado su talento sin haber realizado nada destacable en su vida. La otra, en cambio, era cálida y lo elogiaba, consoladora, por su buen carácter.

Cuando llegó a las puertas del reino de los cielos, Niggle se quedó boquiabierto: justo allí se encontraba, ejecutado de la manera más hermosa, el árbol que él había deseado pintar, con las mismas extensas ramas que él quería. Tal y como se había imaginado, sus hojas se mecían al viento y los pájaros cantaban posados en su copa. El árbol coincidía, detalle por detalle, con su visión. Lo contempló maravillado. Entonces abrió lentamente los brazos y gritó: «¡Qué gran regalo!».

Más o menos esto es lo que relata el fabuloso cuento «Hoja, de Niggle», de J. R. R. Tolkien, el autor de *El señor de los anillos*. La historia termina con el protagonista en el más allá, recibiendo como regalo el cuadro que le habría gustado pintar en vida. Es posible que en ese momento comprendiera que también el don que poseía era un regalo de Dios, aunque, con la excusa de andar siempre ocupado y tener que ganar dinero, no había sabido emplearlo, ya que hasta el día de su muerte tan solo había conseguido acabar una única hoja: algo insignificante y banal a los ojos de la posteridad.

Las historias que llevamos en el corazón son como guijarros que vamos reuniendo y clasificando constantemente a lo largo de la vida. La existencia se vuelve pesada cuando nos identificamos con piedras. Los pájaros, en cambio, vuelan con la certeza de que forman parte del inmenso cielo: todo lo demás no son sino fenómenos atmosféricos.

LOS PÁJAROS NUNCA MIRAN ATRÁS MIENTRAS VUELAN

Desprendernos para ser libres

Había una vez un pájaro que, como todos los demás pájaros, volaba libremente por el cielo, picoteaba frutas y hacía oír con orgullo su clara voz. Sin embargo, tenía la extraña costumbre de recoger cada día un pequeño guijarro y llevárselo consigo, pasara lo que pasara, le fuera bien o mal en la vida. Y cada vez que ordenaba sus piedrecitas, sonreía si le recordaban un suceso agradable o lloraba si le traían a la memoria un suceso triste.

Aquel pájaro siempre llevaba los guijarros consigo. Nunca los dejaba atrás. Con el paso de los años, su colección se fue haciendo cada vez más extensa y pesada, así que llegó un momento en el que apenas podía volar.

Cierto día le resultó imposible elevarse del suelo y pronto incluso dejó de caminar. Cada paso que daba le resultaba difícil. Renunció a picotear fruta y solo calmaba su sed —no sin gran esfuerzo— cuando llovía. Pese a todo, el ave protegió valientemente sus guijarros, tan preciados para ella, y no cejó en su empeño hasta que, al final, murió de hambre. Lo único que quedó fue un montón de piedras sin valor.

Un pájaro que vuela jamás vuelve la vista atrás. Si lo hiciera, pronto moriría. Todo lo pasado, independientemente de que fuera bueno o malo, le pesaría como una piedra sobre las alas y le impediría volar en el presente.

Hace unos años hice una ruta de senderismo por la parte nepalí del Himalaya. Nuestro plan era subir a pie desde Pokhara hasta el Muktinath, a tres mil ochocientos metros sobre el nivel del mar. Habíamos previsto que el trayecto nos llevaría algo más de una semana. El pueblo de Jomsom, conocido por sus campos de manzanos, se ha convertido en punto de partida y de llegada de multitud de rutas de montaña gracias a su pequeño aeropuerto, así que en él es posible cruzarse con numerosos turistas y encontrar una amplia oferta de alojamientos. Nos instalamos junto a nuestro grupo cerca de ese aeropuerto, en un pequeño hostal regentado por una mujer extraordinariamente codiciosa. La habitación estaba sucia y la comida era mala, y al final nos peleamos con la señora porque nos pedía demasiado dinero.

Como en este tipo de rutas no se suele pernoctar más de un día en un mismo sitio, a la mañana siguiente, temprano, hicimos nuestro equipaje y nos pusimos en marcha hacia el siguiente final de etapa. Nos esperaba algo más de medio día de marcha a través del cauce seco de un río, hasta el pueblo de Kagbeni, la puerta del reino de Mustang. Era un camino maravilloso, con vistas a las cumbres del Annapurna, el Dhaulagiri y las Nilgiri, en el Himalaya, que se alzaban a lo lejos. Con este extraordinario panorama de fondo, recorrimos vados poco profundos, atravesamos un puente colgante y nos encontramos con una procesión de mulas que llevaban cencerros colgados al cuello. Los dientes de león amarillos y la verde cebada aportaban toques de color al árido paisaje y de vez en cuando nos topábamos con algún modesto templo tibetano que nos invitaba a una breve visita.

Sin embargo, durante todo el trayecto un miembro de nuestro grupo no habló de otra cosa más que de la experiencia que habíamos tenido en el hostal de Jomsom. En lugar de disfrutar del camino en aquel mismo instante, se centró exclusivamente en repasar la desagradable vivencia pasada y en compararla con otras que había sufrido hacía aún más tiempo. Incluso mientras respirábamos a duras penas durante la escarpada subida en dirección al Muktinath, en plena alta montaña, encontró el aliento necesario para quejarse de la suciedad y de la carísima comida del establecimiento en el que nos habíamos alojado en Kagbeni. Los recónditos valles cuya austera belleza sobrecogería a cualquier otro observador no le parecieron dignos de mención en su diario del camino.

No hay muchos lugares en el mundo que ofrezcan unas vistas tan espectaculares por tan módico precio. Imagínate rodeado de las nevadas cumbres del Himalaya, bebiendo un perfumado té por apenas cien wones (ni siquiera diez céntimos de euro). No es fácil encontrar las palabras adecuadas para describir esta sensación y la gratitud que nos embarga en ese contexto.

Pero aquel hombre arrastró durante todo el camino una pesada mochila, llena de recuerdos negativos, que casi lo aplasta. No conseguía liberarse de todo lo que había vivido. Su corazón pesaba toneladas. La caminata a través de los empinados senderos de montaña solo le aportó sensación de ahogo, ampollas en los pies, incómodos alojamientos e insípidas comidas.

Es cierto que no hay que idealizar las rutas de este tipo: siempre hay que contar con todos estos contratiempos. Sin embargo, aquel hombre se quejaba sin descanso, hasta tal punto que, poco a poco, el resto de los integrantes del grupo empezaron a alejarse de él. Así, casi siempre estaba solo. Cuanto más se aferraba su corazón al pasado, más difícil le resultaba amar el presente. A menudo, las personas con problemas en su alma tienden a sobrepensar constantemente lo que ha quedado atrás y a contemplar el mundo desde esta perspectiva distorsionada.

Al hilo de estas reflexiones, recordé la siguiente anécdota: un hombre que se encolerizaba con frecuencia acudió a un maestro espiritual. «Me enojo con mucha facilidad, incluso por tonterías, y no consigo controlar mis emociones —se lamentaba—. ¿A qué puede deberse?».

El maestro le respondió: «Llevas contigo antiguas heridas de tu infancia o de tu juventud. Por eso tienes la piel tan fina».

«Aparte de un par de cosas sin importancia, no recuerdo que nadie me haya herido jamás. ¿Cómo pueden seguir dañándome las cicatrices del pasado?».

El maestro le tendió a aquel hombre una pequeña botella de agua y le pidió que la sostuviera en la mano, con el brazo extendido. «¿Es pesada?».

«No, no lo es», contestó el hombre.

Diez minutos más tarde el maestro volvió a preguntarle: «¿Es pesada?».

«Ahora, un poco, pero no pasa nada», respondió el hombre.

Al cabo de otro rato, el maestro preguntó una vez más: «¿Y ahora? ¿Cómo vas?».

«Es muy pesada. Ya no puedo seguir sosteniéndola».

«Lo esencial —repuso el maestro— no es el peso en sí, sino la cantidad de tiempo que se soporta. Hay que soltar las heridas y los recuerdos del pasado. Cuanto más tiempo se retienen, más pesan. Es exactamente igual que lo que ocurre con esta botella».

El arte de vivir consiste en dejar atrás el pasado y en mantenerse en el presente; en evitar aferrarse a las cosas que deberíamos haber dejado partir hace ya tiempo. Eso nos libera y nos da alas. La libertad nace cuando nos desprendemos de lo que ya ha pasado.

En cierta ocasión leí en el escaparate de una librería de Nueva York un adagio que no he olvidado nunca, aunque no sé quién es su autor: «Un pájaro que se posa en un árbol no tiene miedo de que la rama se rompa, porque deposita su confianza en sus alas, y no en el árbol».

Por eso un pájaro puede volver a cantar aun cuando un tifón haya arrancado de cuajo ese árbol. Cierto día vinimos a este planeta, lleno de vida y de luz, lleno de sonidos y colores. No sabemos cuándo tendremos que abandonarlo. Esta corta vida que nos ha sido dada es nuestra única oportunidad. ¿No sería triste que, en el momento en que dejáramos este mundo, no tuviéramos más que recuerdos de viejas heridas?

La maestra espiritual Pema Chödrön cuenta la historia de una mujer a la que, de repente, y sin que ella lo esperara en absoluto, se le diagnosticó un cáncer. Durante toda su vida había sido una persona impaciente y que tendía a molestarse por cualquier nimiedad, pero cuando descubrió que pronto se moriría, abrió su corazón a las personas y las cosas que la rodeaban. Buscó la cercanía de los árboles, la hierba, el sol, las flores, las aves y los insectos, a los que hasta entonces no había prestado atención. Sintió el viento en la cara, dejó que la lluvia empapara su cuerpo, abrazó a otros seres humanos, corrió junto a su perro. Por vez primera tenía la sensación de vivir de verdad. Vivió cada día de manera plenamente consciente, como si fuera el último. Poco antes de morir incluso se negó a tomar analgésicos, porque también vio en su dolor una experiencia valiosa. Al final se quedó dormida con una sonrisa en los labios, no sin antes dedicar unas palabras de consuelo a sus preocupados familiares y amigos, que se habían reunido en torno a su cama.

Cuanto más dejamos ir, más libres somos; cuanto más libres somos, más alto volamos, y cuanto más alto volamos, más vemos. Hasta el cordón más fino, enredado en la pata de un pájaro, le impide volar. Los pájaros no vuelan para ser libres: el vuelo es, en sí mismo, libertad. Amar este momento que nunca volverá, en lugar de clasificar los guijarros del pasado: solo de ese modo el pájaro se mantendrá en el aire.

Aun cuando no sepas adónde te conducirá tu viaje, déjate llevar por el viento mientras puedas desplegar tus alas. Tal vez a nosotros nos ocurre lo mismo que a los pájaros: aman el viento que sopla bajo sus cuerpos.

¿QUÉ ESTÁS PENSANDO AHORA?
Sobre la atención

Iba de camino a la librería Maruzen, junto a la estación de trenes de Tokio, cuando una mujer, sentada en un banco situado un poco más allá de la entrada del establecimiento, dijo, con voz airada: «¿Por qué te portas así conmigo?». Miré, sorprendido, a nuestro alrededor, pero aparte de mí, allí no había nadie más. Era la primera vez que veía a aquella persona y jamás le había hecho nada. Sin embargo, ella me soltó una afilada sucesión de insultos.

Irritado, entré en la librería. Cuando volteé para volver a mirarla, me di cuenta de que no estaba hablando conmigo, sino con otra persona, invisible. Aunque en su aspecto exterior no había nada llamativo, daba la impresión de que padecía una enfermedad mental. Cuando, dos o tres horas más tarde, volví a la librería, ella seguía en aquel banco, sola, murmurando para sí misma.

Cuando era estudiante me pasé un mes entero ingresado en el hospital por fuertes dolores de cabeza y ataques de ansiedad. Después de una mejoría transitoria, en el segundo curso de la universidad sufrí una recaída. En aquella época fui mudándome de una diminuta vivienda a otra, y entre una casa y la siguiente pasaba una temporada durmiendo en la calle. Nunca se determinó si mi estado se debía a un delirio o a una esquizofrenia. No sé si aquel fue un momento feliz o no. Sea como sea, por aquel entonces no disponía del dinero suficiente para someterme a un tratamiento, así que tuve que sobrellevar mis síntomas sin poder recurrir a medicamentos. Para distraerme, me dediqué de forma aún más intensa a la literatura y, aunque tuve que repetir todas las asignaturas del semestre, aquel año gané un concurso literario.

Mi debut como poeta no cambió en absoluto mis condiciones de vida. Cada vez que mi economía no me daba para pagar la renta, los caseros me echaban a la calle y me convertía en un indigente. Como por aquel entonces estaba en vigor un toque de queda por las noches, tenía que pasarme todas esas horas en el campus universitario, en la estación de ferrocarril o en un túnel, siempre pendiente de la policía.

En todos aquellos lugares me cruzaba con otros indigentes, algunos de ellos enfrascados en sus monólogos. No puede decirse que tuvieran una mirada perdida: sus ojos permanecían abiertos y bien orientados mientras alguien —que en realidad no estaba allí— les contaba historias o discutía con ellos. Conocí a personas de este tipo en el psiquiátrico en el que estuve ingresado cuando era joven. Para ellas, la frontera entre sus delirios y la realidad era fluctuante, de manera que tenían algo de espectros.

Cuando pasaba las noches con esos pacientes, a veces empezaba a hablar conmigo mismo. Estaba tan ensimismado en mis pensamientos que las palabras se asomaban a mis labios sin que me diera cuenta, y en cuanto me percataba de lo ocurrido entraba en pánico. ¿Y si estaba tan perdido mentalmente como aquellas personas? ¿Qué sería de mí si en algún momento dejaba de ser consciente de que estaba hablando solo o teniendo alucinaciones? La sola idea de hacerlo ya me parecía bastante aterradora.

Para superar mis miedos y evitar caer en el pensamiento obsesivo, decidí leer poemas en voz alta. Imagínate a un joven con el cabello largo, sentado a medianoche en una estación de trenes o en un túnel, recitando *La tierra baldía*, de Eliot, o los versos «¡Volad, volad, páginas deslumbradas!»,* de *El cementerio marino*, de Paul Valéry. ¿Hay algo más loco que eso?

En algún momento entendí que mi situación no cambiaría lo más mínimo hasta que concluyera mis estudios universitarios, así que empecé a interesarme por los aspectos funcionales de la mente humana. Sentía curiosidad por este inescrutable imperio en el que, a pesar de ser dueños de nuestros pensamientos, a veces nos vemos dominados por las fantasías. ¿Cómo se podía explicar este fenómeno que marca la vida? ¿Y de dónde vienen esos pensamientos que, en ocasiones, escapan al control de su dueño y, en el peor de los casos, pueden desembocar en la locura? También me preguntaba si sería capaz de mantenerme siempre atento, sin dejar de supervisar mis pensamientos incluso aunque cayera en un estado de duermevela, y si existiría un estado de la existencia más tranquilo y pacífico en el que ya no necesitara hablar conmigo mismo.

Si pretendo estudiar mis pensamientos, ¿acaso no son entonces ellos perseguidor y perseguido al mismo tiempo, e in-

---

* El fragmento entrecomillado se extrajo de la traducción al castellano de Eugenio Florit disponible en el artículo «Nueva versión de *El cementerio marino*», <https://www.cervantesvirtual.com/descargaPdf/nueva-version-de-el-cementerio-marino-884543/>. (*N. de la T.*).

cluso la persecución en sí misma? En mi búsqueda de respuestas a todas estas complejas preguntas leí varios libros acerca de la estructura de la mente y empecé a acudir a centros de meditación. Aquel fue el momento en el que dejé de centrarme en la literatura y me dediqué a meditar.

Cuando comprendí que todo aquello que nos preocupa a los seres humanos tiene su origen en la mente, busqué a los más diversos maestros que han estudiado en profundidad las conexiones entre el corazón y la razón. Uno de ellos es el alemán Eckhart Tolle, que describe la siguiente experiencia de sus años universitarios: un día se dirigía en metro a la biblioteca de la universidad. Enfrente de él se sentaba una mujer de unos 30 años que con seguridad estaba muy enojada por algo. Parecía nerviosa y hablaba sin parar consigo misma, como si se encontrara en un estado anómalo. Tan metida estaba en su propio mundo que no veía a los demás viajeros. Mantenía una especie de monólogo que más o menos se podría resumir así: «Les dije que eres una mentirosa. ¿Cómo te atreves a hablar así de mí? Eres tú la que me utilizó. Creí en ti, pero traicionaste mi confianza...». Se trataba de un enfrentamiento verbal en el que aseguraba haber sido víctima de una injusticia. Completamente atrapada en el mundo de sus emociones, dejó salir de sus labios un torrente de palabras del que no era consciente.

En ese momento, Tolle sintió tanta curiosidad que, cuando vio que ella se bajaba en la misma estación que él, decidió seguirla. La mujer continuaba con su monólogo, en el que, supuestamente, alguien la estaba culpando de algo, a lo que ella respondía de inmediato. La mujer parecía dirigirse al mismo lugar que Tolle, ya que iba a toda prisa al edificio de la universidad al que también él se encaminaba. Tolle se preguntó si sería estudiante, empleada administrativa o, incluso, voluntaria de algún ensayo psicológico. Sea como sea, la perdió de vista al entrar en el edificio y Tolle hizo una parada en los baños antes de salir rumbo a la sala de lectura. No conseguía sacarse a aquella mujer de la cabeza. Mientras se estaba lavando las manos, pensó: «No me gustaría verme nunca en su estado».

En ese momento se percató de que el hombre que se encontraba a su lado lo miró. Tolle debió de pronunciar aquellas palabras en voz alta sin ser consciente de lo que hacía. Cuando lo comprendió, se sintió profundamente asustado. Algo dentro de él lo había empujado a hablar en forma de monólogo, igual que hacía aquella mujer. La única diferencia era que ella revelaba todos sus pensamientos, mientras que él solía formular para sí los suyos, como la mayoría de la gente. Así pues, si la mujer estaba loca, también lo estaban los demás, Tolle incluido. Solo había una diferencia de grado.

Esta experiencia le permitió pasar del pensamiento a la percepción del pensamiento. Entendió que el pensamiento que no se percibe conscientemente constituye uno de los principales problemas del ser humano y, al mismo tiempo, comprendió que la vida es menos seria de lo que había pensado hasta ese momento.

Un maestro indio se lo explicó así a uno de sus discípulos: «Hablas demasiado contigo mismo. No eres especial por eso, ya que todos lo hacemos. Sostenemos nuestro mundo mediante monólogos internos. Pero las personas sabias son conscientes de que este mundo adquiere un aspecto muy diferente cuando dejamos de hablar con nosotros mismos».

Los pensamientos no son el yo. Los pensamientos no son lo mismo que la persona que los formula. El ser humano es, más bien, su observador. En tanto en cuanto no sepamos quiénes somos realmente, nuestros pensamientos nos dominarán y mantendremos monólogos incesantemente, en lugar de recorrer la vida prestando atención. ¿No te gustaría salir de ese estado y empezar a sonreír?

EL BANQUETE MÁS EXQUISITO
Comer atentamente

Un estadounidense viajó a Tailandia, se rapó la cabeza y decidió pasar un tiempo viviendo como monje budista. En su primer año meditó en un templo situado en medio de la jungla, siguiendo estrictas reglas y llevando una existencia ascética. Una de las normas que debía cumplir era comer solo una vez al día, siempre por la mañana. A partir del mediodía, lo único que podría ingerir sería agua y té. Además, cada mañana debía acudir al pueblo junto con otro monje y, provisto de un recipiente de hojalata, mendigar comida. Para ello, tenían que recorrer un camino que conducía fuera de la selva, atravesaba campos de arroz y otros cereales y, finalmente, llevaba, por una linde, al pueblo.

Una vez allí, hacían ruido con sus platos metálicos y los habitantes se les acercaban para ofrecerles arroz, verduras, frutas y otros alimentos parecidos. Finalmente, los monjes regresaban al templo y comían con lentitud y en silencio. A veces, la comida era exquisita —de acuerdo con los criterios occidentales—, pero la mayor parte del tiempo no lo era. Las verduras se empapaban en aceite y todo se sazonaba con tanto chile que el estadounidense sentía que la lengua le ardía. En ocasiones incluso encontró en su plato alimentos insólitos, como ancas de rana asada. También había pepinillos marinados tan agrios que le estremecían el cuerpo. Sin embargo, de acuerdo con las reglas del templo, no le estaba permitido rechazar la comida que los fieles les habían donado.

Acostumbrarse a aquella gastronomía le resultó más difícil que levantarse a las cuatro de la madrugada para meditar o que mantenerse sentado sobre su cojín hasta bien entrada la noche. No obstante, al cabo de un par de meses se percató de que su ensimismamiento era más profundo cuando comía. En realidad, la práctica que estaba aprendiendo en aquel templo era la del *vipassana*, una especie de meditación de la percepción. Básicamente, se trata de dirigir siempre los pensamientos hacia el instante presente y evitar la divagación, independientemente de que la mente en ese momento se esté ocupando de algo o no. Al estadounidense le resultaba difícil concentrarse cuando meditaba con las piernas cruzadas, porque las extremidades se le dormían y la espalda le picaba. Su mente se enfocaba siempre en su familia y en los amigos que había dejado en su país o empezaba automáticamente a hacer planes de futuro. Una y otra vez perdía la concentración.

Sin embargo, en los momentos en los que recorría los campos para pedir limosna o en los que los vecinos del pueblo le dejaban en el plato la comida que después, al regresar al templo, se tomaría, bocado a bocado y en silencio, estaba más despierto que nunca. Ningún pensamiento encontraba un hueco por el que colarse. Eso se debía a que solo comía una vez al día.

Para él, acostumbrado desde su infancia a tomar tres copiosas comidas diarias, acompañadas de las bebidas correspondientes, aquella era la oportunidad de alimentarse con los nutrientes que su cuerpo necesitaba y que saciaban su hambre. Además, el trayecto hacia el pueblo y el acto de pedir limosna eran la única ocasión de disfrutar de cierta variedad y diversión, frente a la ascética rutina del templo, que, en su monotonía, se repetía constantemente. El estadounidense esperaba siempre con ilusión la comida que iba a tomar.

Aquellos momentos le eran tan queridos que no quería perderse ni uno solo de ellos. Por eso, sin saberlo, practicaba la meditación de la percepción, que aspira a una atención pura. Al cabo de un tiempo se había convertido ya en un maestro de la comida consciente, en la que se saborea, en lugar de comer a toda prisa, y se siente, en lugar de pensar. Poco a poco fueron desapareciendo las categorías en las que había pensado hasta entonces (categorías como «delicioso» o «repugnante», o «bueno» o «malo»). Para él, acostumbrado a realizar tres comidas periódicas y a tragar apresuradamente cualquier cosa comestible que cayera en sus manos, la vida con una única comida diaria se convirtió en la mejor meditación y la más intensa de todas. Lentamente fueron desapareciendo también los miedos y las desilusiones que hasta entonces le habían causado sufrimiento. Sencillamente, no tenían espacio en su pensamiento, y todo ello era gracias a que se alimentaba de una forma muy frugal.

Si algún campesino le regalaba a escondidas una ciruela, el estadounidense la sostenía en la mano y contemplaba su piel resplandeciente, su forma y su suave curvatura. Mientras admiraba su profundo color rojo, que le indicaba su madurez, pensaba en cómo estaba vinculada esa ciruela al mundo, ya que formaba parte del gran todo. Se sentía agradecido por la cálida luz del sol, por la energía del suelo, por las nubes que traían la lluvia, por las estrellas del cielo nocturno y por el campesino que, con sus manos, había ayudado a la ciruela a madurar. En aquella pequeña fruta se concentraban toda la naturaleza y el cosmos entero. Comérsela significaba recibir todo eso. Cuando la rozaba con sus labios, palpaba su superficie. Disfrutaba del sonido que brotaba al morderla y de la dulzura y el aroma del jugo que le caía en la boca. Así, al comer una ciruela percibía simplemente los momentos de dicha, de calma, de alegría y de satisfacción, sin juzgarlos como algo bueno o malo.

El maestro de *vipassana* Wu Bandida explica así la meditación de la percepción: «Primero: no hay nada superfluo». Si solo recibes comida una vez al día y no puedes decidir qué alimentos la compondrán, dejarás de ser selectivo. «Segundo: toda la atención se debe poner en la alimentación». Si solo recibes una comida al día, ¿acaso apartarás la mirada de las ciruelas, los plátanos, los higos y las ancas de rana asada que Dios pone en tu plato? «Tercero: disfruta de cada bocado con todo tu corazón». Si dispones de magníficos alimentos en tu plato, concéntrate en ellos, en lugar de en tu compañero. «Cuarto: la meditación de la percepción fomenta la atención».

Al cabo de un tiempo, el estadounidense regresó a su patria, donde siguió practicando *vipassana* y extrapoló a todos sus actos la experiencia divina de comer atentamente. En cada cosa que hacía seguía las reglas de la atención. Daba igual que caminara, que trabajara o que se reuniera con otras personas: siempre se mantenía concentrado y consciente de que aquel era un momento único que le brindaba el presente. A partir de esta actitud interior, enseñó durante veinte años la práctica de la atención plena.

Durante su estancia en la jungla tailandesa, en la que solo había comido una vez al día, no solo había proporcionado el alimento necesario para su cuerpo, sino que también había nutrido su mente y su alma. En ese tiempo comprendió que la riqueza espiritual depende de lo despiertos que estemos en cada momento, y no del acto que realicemos. Al permanecer realmente atento, descubrió la inmensa alegría que le proporcionaba el mero hecho de concentrarse en algo, ya fuera comer, caminar o respirar.

MUMYEONG, EL SIN NOMBRE

El fruto de la obediencia

Había estado un tiempo fuera de casa y, cuando regresé, me encontré delante de mi puerta a un tipo de cabello largo, ropa extravagante y veintitantos años. No sabía de dónde había sacado mi dirección, pero me explicó que llevaba varias horas esperándome porque quería aprender a meditar conmigo. Estaba en busca de la verdad. Encontrarla era su objetivo en la vida.

Le respondí que no sabía mucho acerca de la meditación, así que era mejor que acudiera a un templo o que se dirigiera a un centro de meditación. Sin embargo, aquel chico no estaba dispuesto a escucharme. Por más argumentos que se me ocurrieran para convencerlo de que yo no era adecuado como maestro de meditación, porque me faltaba iluminación, él no se rendía. ¡Un chico tenaz! Así pues, tuve que recurrir a otra táctica.

Le pregunté si le gustaría acompañarme a un lugar donde acostumbraba a meditar. Naturalmente, me respondió que sí. Poco después estábamos sentados en mi coche. Yo conducía a toda velocidad hacia la isla Nanjido, que se encontraba aproximadamente a una hora de mi casa. Hoy en día se trata de un parque ecológico lleno de flores y árboles, pero por aquella época aún era un gigantesco vertedero en el que se apilaba la basura de toda la ciudad de Seúl. El joven pareció algo desconcertado y yo aproveché para salir rápidamente de allí. Él no tuvo tiempo de reaccionar y se quedó en aquella colina sucia y maloliente. En cierto modo, me daba pena, pero lo que yo pretendía con aquel gesto era disuadirlo para que me dejara en paz.

Sin embargo, me equivocaba. De madrugada, oí que alguien llamaba a la puerta de casa. Cuando abrí, me lo encontré allí, completamente agotado y cubierto de polvo. Había caminado durante horas para hacer todo el camino de vuelta desde la isla. No podía correrlo en semejante estado, así que lo alojé en casa por esa noche. Pero al final no fue solo una noche: se quedó dos años viviendo conmigo. Cada vez que intentaba hacer que se fuera, me rogaba que lo dejara quedarse. Me prometía que haría todo lo que fuera necesario y me aseguraba que no había ningún otro lugar en el que quisiera estar.

¡No podíamos seguir así! Por aquel entonces yo tenía el cabello largo y, si otro tipo de cabello largo se instalaba en mi casa, la gente nos tomaría por integrantes de una banda de rock. Así pues, le dije que, si quería quedarse conmigo, tendría que raparse la cabeza. Inmediatamente agarró unas tijeras y se cortó el cabello. No me quedó más remedio que arrastrarlo hasta el peluquero para que completara el rapado. Cuando vi el cráneo azulado y reluciente de mi compañero, me arrepentí de lo que había hecho, pero él no parecía afectado en absoluto.

Entonces me pidió que le pusiera un nuevo nombre. Sin pensármelo demasiado, lo bauticé como Mumyeong, que quiere decir «Sin Nombre». Las personas que me visitaban se referían a él como Anónimo o como Nemo. Mumyeong asumió las tareas domésticas más pesadas: hacía de portero para quitarme de encima a los extraños y vigilaba mi casa cuando yo estaba de viaje; se ocupaba del perro, regaba las plantas y arrancaba las malas hierbas del jardín; era conserje, empleado doméstico, de mozo equipajes y compañero silencioso. Como yo odiaba la costumbre de hablar por hablar, mi invitado apenas tenía ocasión de charlar conmigo. Nunca se iba a dormir antes que yo, aunque jamás se lo exigí, y, dado que soy un noctámbulo, eso significaba que nunca se acostaba antes del alba. Aun así, se levantaba tempranísimo para recoger agua de una fuente medicinal situada en una colina cercana y para barrer la casa y el patio.

A la hora de meditar, yo no soportaba que estuviera cerca de mí, así que no pudo aprender nada conmigo sobre esta materia. Le repetí constantemente que debía irse a otro lugar si quería que le enseñaran algo. Ni siquiera cuando recibía en casa a personas que acudían para debatir acerca de temas espirituales y compartir sus conocimientos Mumyeong participaba en la conversación. Su cometido era atender a los invitados.

Nuestra separación llegó de forma inesperada y repentina. No me sentía a gusto con mi vida y varios conocidos me habían decepcionado, así que decidí dejar atrás Seúl para instalarme en la isla de Jeju. Fue una decisión espontánea. Apenas me quedaba dinero, porque había prestado mis ahorros a gente que no me los había devuelto. Por eso, al llegar el momento de la despedida ni siquiera pude pagarle a mi compañero una compensación adecuada por los servicios que me había prestado, aunque sé que, de todos modos, él no habría aceptado mi dinero. No me quedó más remedio que meterle en el bolsillo lo poco que tenía. Nos dimos un corto abrazo: el conductor del camión de la mudanza nos estaba metiendo prisa. Cuando el vehículo arrancó, me volví para mirar a Mumyeong una vez más. Lo dejé allí, sencillamente, plantado delante de la puerta de una casa que a partir de entonces sería la de otras personas.

Pasaron los años y de vez en cuando me acordaba de Mumyeong. Cada vez que eso ocurría me daba cuenta de que no sabía nada sobre él. Yo no acostumbro a hacer muchas preguntas a los demás, pero es que en este caso ni siquiera conseguía recordar cuál era su nombre real. Durante todo aquel tiempo había sido «Nemo». Lo único que conocía de su vida es que había perdido a su madre cuando aún era un niño y que se había criado con su abuela materna. Eso era todo. Al principio daba por sentado que se iría al día siguiente o a la semana siguiente. Lo que no me imaginaba es que su estancia acabaría durando dos años.

Ni siquiera cuando nos despedimos acerté a preguntarle adónde pensaba ir o cómo podría ponerme en contacto con él. Hay épocas en las que todo es incierto, y por aquel entonces yo tampoco estaba en condiciones de indicarle en qué dirección me iba a establecer, porque no lo sabía. Nos separamos pensando que nunca más volveríamos a vernos.

Un invierno, Mumyeong estaba fuera, quitando la nieve del patio. A modo de broma, le lancé una bola de nieve, que aterrizó sobre su cabeza. Aun así, continuó su trabajo en silencio. En otra ocasión le arrojé a escondidas un caqui que se había caído del árbol, pero él se limitó a reír tontamente. Como, aparte de estas pequeñas anécdotas, yo no recordaba nada más, cada vez pensaba menos en él. Llegó un día en que lo olvidé por completo.

Sin embargo, a partir de entonces siempre abrí la puerta a cualquier persona que viniera a pedirme que la alojara en calidad de discípula. Puede que se debiera en parte a que tenía mala conciencia con respecto a Mumyeong. Poco a poco, mi casa se fue convirtiendo en una especie de palomar del que la gente entraba y salía. Nadie se quedaba allí mucho tiempo. Cuando uno se iba, otro ocupaba su lugar, pero ninguna persona consiguió llenar el vacío que había dejado Mumyeong.

Unos quince años más tarde volví a cruzármelo por casualidad en mi camino. Cerca del barrio de Insa-dong, en Seúl, vi a un grupo de monjes budistas que iban caminando por la banqueta de enfrente. Uno de ellos era Mumyeong. Nos reconocimos inmediatamente, lo cual, al menos en mi caso, no fue difícil, ya que él llevaba la cabeza rapada, como antaño. Nos estrechamos las manos y no necesitamos decirnos nada. Simplemente sonreímos, pero a los dos se nos llenaron los ojos de lágrimas.

A pesar de que su aspecto era el mismo, él ya no era el hombre al que yo conocí. Pude sentir que había ganado profundidad. Irradiaba madurez espiritual y fuerza mental. Aunque no dijera una sola palabra, era algo que cualquiera podía percibir. Ni siquiera nos preguntamos cómo nos iba la vida. Solo nos miramos, con las manos estrechadas. Entonces sus compañeros, que lo estaban esperando a cierta distancia, lo llamaron: «¡Monje Mumyeong!». Era hora de irse.

Ignoro si «Mumyeong» es su nombre budista o solo un apodo, pero, en cualquier caso, así seguían refiriéndose a aquel hombre. En aquella ocasión fue él quien me dejó plantado, en mitad de la calle, después de colocarse las manos sobre el pecho, en un *mudra* de oración, e inclinar la cabeza a modo de despedida.

A lo largo de mi vida me he cruzado con muchos maestros y me he tomado muy en serio sus enseñanzas, pero jamás les he seguido con la abnegada obediencia que me mostró Mumyeong. En lugar de someter mi ego, empleé mi intelecto como arma. No sabía que al ser humano le ha sido otorgada la misericordia a través de la humillación del yo. Si un huevo se rompe debido a la acción de una fuerza externa, inmediatamente la vida que contiene se apaga. En cambio, cuando la cáscara se resquebraja desde el interior, llega una nueva vida al mundo. Lo grande siempre empieza desde el interior.

Hay una historia que nos habla de ello: en los primeros tiempos del cristianismo, un grupo de monjes se retiró al desierto para meditar. A ellos se unió un hombre de pequeñísima estatura, llamado Juan, que quería aprender de su abad, un sacerdote de gran prestigio. Los demás monjes siempre se burlaban de él por su diminuto tamaño. Cierto día, el abad cortó la rama de un árbol, la clavó en el suelo y ordenó a Juan: «Ve cada día a la fuente por agua y riega este árbol hasta que dé frutos».

Como la fuente estaba muy lejos, Juan iba a recoger agua por las noches y no regresaba hasta el amanecer. Día tras día, sin excepción, acarreó aquel preciado líquido. Gracias a ello, la rama empezó a echar yemas y hojas y al cabo de tres años dio sus primeros frutos.

El abad recogió uno de ellos y se lo tendió a los monjes. «¡Vengan! —los invitó—. Saboreen el fruto de la obediencia».

Lleno de humildad, Juan había dejado en un segundo plano su ego y había acudido a recoger agua. En realidad, no había regado el árbol, sino a sí mismo. De ese modo se convirtió en un maestro aún más célebre que el abad. Se cuenta que el árbol de la obediencia aún puede admirarse hoy en un monasterio levantado en mitad del desierto egipcio.

NO DEJES PARA MAÑANA LO QUE PUEDAS HACER HOY

La sabiduría del Ramayana

Ayodhya, en el norte de la India, fue en sus tiempos una ciudad muy avanzada, capital del antiguo reino de Kosala. Hace unos mil novecientos años, la princesa Suriratna viajó desde estas tierras hasta el antiguo reino coreano de Gaya, donde se casó con el monarca Suro y se convirtió en la emperatriz Heo. Gracias a eso, a los coreanos nos resulta familiar su patria de origen. De acuerdo con un antiguo texto védico, Ayodhya fue fundada por el dios Brahma y tenía fama de poder competir en riquezas con las ciudades del reino de los cielos.

En Ayodhya nació el príncipe Rama, héroe de la epopeya india nacional el *Ramayana*. Este relato arranca con la historia de Dasharatha, rey de Ayodhya, un extraordinario guerrero capaz de luchar al mismo tiempo en diez direcciones diferentes, de manera que daba la impresión de que estaba atacando con diez carros de guerra a la vez. De ahí su nombre: *Dasharatha* es una palabra compuesta a partir de *das* («diez») y *ratha* («carro de guerra»).

Este monarca sabía combatir tan bien contra el diablo que incluso el cielo le pidió ayuda. Sin embargo, Dasharatha no tenía ningún hijo que pudiera sucederle en el trono. Para ganarse el favor de Dios, sacrificó un caballo y al fin sus súplicas fueron oídas: sus tres esposas dieron a luz a cuatro hijos en total. El mayor de ellos era Rama.

Toda la familia disfrutó de una época feliz y pacífica en Ayodhya, hasta que cierto día Dasharatha se dio cuenta, al verse en un espejo, de que llevaba la corona torcida sobre su cabeza, un signo de que había llegado el momento de ceder el trono a un sucesor. Después de una profunda reflexión, decidió abdicar y dedicarse en adelante a la meditación. Así se lo expuso a su primera mujer, la reina Kausalya: «Ya hemos cumplido nuestro cometido de proteger este reino. Cedámoslo ahora al príncipe Rama y retirémonos».

Kausalya, que era la madre de Rama, se mostró de acuerdo: «Eres un hombre sensato e inteligente, y celebro tu decisión. Organicemos lo antes posible la ceremonia de coronación, pero primero, te lo ruego, llama al sabio Vashisht. Él te indicará cuál es el mejor día para llevarla a cabo».

El rey convocó de inmediato al sabio y le pidió consejo.

«Por favor, dime cuál es el día más adecuado y la hora más favorable para coronar a Rama».

Vashisht, que era un maestro en astrología, le respondió: «No hay ningún día especialmente indicado para algo tan importante como un traspaso de poder. Lo mejor es que des ese paso ahora mismo. El momento en el que el príncipe Rama se coloque la corona sobre su cabeza será el más favorable y la fecha en la que lo haga será el día adecuado».

«Tienes razón —admitió el rey—. El instante en que Rama se convierta en monarca será la fecha más adecuada y el mejor momento. Sin embargo, tenemos que preparar los festejos. Deben ser los más suntuosos que se hayan visto jamás en Ayodhya. Y es mi deber invitar a la ceremonia a los reyes de los Estados vecinos».

El sabio repuso: «Tampoco existe un día especialmente favorable en ese sentido. Lo que hay que evitar es demorar aquello que no admite demora, lo cual me lleva a recordar un antiguo refrán: no dejes para mañana lo que puedas hacer hoy. Nadie sabe qué sucederá mañana si no actuamos hoy. Por eso, mi consejo es que celebres la coronación del príncipe Rama inmediatamente».

El rey asintió, pensativo: «Entiendo lo que dices —reconoció—. Pero concédeme un día. Mañana procederemos a la coronación».

Quien conoce el *Ramayana* ya sabrá cómo sigue la historia: la coronación del príncipe Rama, que debía haberse celebrado al día siguiente, se postergó catorce años y el rey no vivió para asistir a ella. Y todo eso porque no siguió el consejo del sabio.

La epopeya hindú explica lo que ocurrió: Dasharatha ordenó engalanar las calles para el día siguiente e invitó a los soberanos de los reinos vecinos. Sin embargo, precisamente aquella noche su tercera esposa, Kaikeyi, que nunca se había mostrado envidiosa ni celosa, le recordó la promesa que él le había hecho con ocasión de su boda: le concedería dos deseos, fueran cuales fueran. En ese momento ella exigió que su hijo, Bharata, ascendiera al trono y que el príncipe Rama fuese exiliado a la jungla durante catorce años. El rey se arrepintió profundamente de su promesa, pero no podía romperla.

Rama aceptó su destino y se retiró a la selva junto con su esposa, Sita. El rey se afligió tanto ante aquel destierro impuesto por él mismo que poco después murió. Tras una serie de turbulentas aventuras, Rama regresó catorce años más tarde a Ayodhya y ascendió al trono. El *Ramayana* describe los fatales giros que provocó la decisión de retrasar tan solo un día la ceremonia de coronación. Así pues, queda claro que para todos nosotros el día más importante es hoy, y no cualquier otro. ¿Cuántas cosas no hemos logrado terminar en nuestra vida simplemente porque las hemos aplazado un solo día?

EL PULPO HABLA

Un encuentro sanador

Hay momentos en los que, de repente, perdemos todas nuestras certezas: pensábamos que pisábamos suelo firme, pero, súbitamente, nos damos cuenta de que estamos balanceándonos en una cuerda floja, tendida sobre un abismo. A mí me pasó antes de irme a la isla de Jeju. Todo lo que hasta ese instante había dado sentido a mi vida perdió de manera repentina su brillo y dejé de tener objetivos. Estuve así hasta que un lector me invitó a viajar a aquella isla. En ella disfruté del aire y de los paisajes y me enamoré del lugar, así que me organicé para cerrar aquella etapa de mi vida en Seúl y busqué alojamiento en la ciudad de Seogwipo.

Los principios fueron duros, y no porque no pusiera empeño en adaptarme a aquel lugar desconocido. Sencillamente, mi alma estaba exhausta. Por aquel entonces había pocas personas forasteras que se establecieran en la isla y, como en ese entorno no conocía un alma, me sentía solo. No tenía a nadie con quien hablar. Vagar durante todo el día por la orilla para llenar aquel vacío se convirtió en mi rutina. Caminaba y caminaba mientras observaba cómo la marea iba subiendo lentamente, cómo las nubes se formaban y se desvanecían en el cielo o cómo el sol caía, rojo, en el horizonte. Dado que me encontraba en una isla, podía andar todo lo que quisiera: la orilla nunca acababa.

Durante uno de aquellos paseos se me hizo de noche y llegó la marea baja. Entonces vi a un hombre en el agua, provisto de una antorcha. Se había remangado los pantalones hasta las rodillas y permanecía inmóvil en medio del reflujo. Su presencia me sorprendió y despertó mi curiosidad. Cuando me acerqué y le pregunté qué estaba haciendo, me respondió, en voz baja, que estaba pescando pulpos.

No lo entendí bien. Entonces me invitó por señas a meterme en el mar y me tendió la antorcha empapada en aceite de linaza. Cuando me quedé completamente quieto y observé el agua, pude distinguir a aquellos animales, que acechaban entre las rocas.

El hombre me dejó solo con mis preguntas y buscó un nuevo puesto, un poco más allá. No habían pasado ni quince minutos cuando, de repente, algo me rozó el pie. ¡Era un pulpo! El animal había extendido sus largos tentáculos hacia mí y me estaba palpando los pies, como si quisiera averiguar quién era yo.

¿Cómo podría olvidar la intensa emoción vivida en aquel instante? El mar me estaba hablando a través de un joven pulpo. Quise responderle, pero en ese momento el idioma humano era inútil y carecía de sentido. No me atreví a agarrar al animal. Simplemente, me quedé allí y sentí cómo una sensación de alegría se iba expandiendo por todo mi cuerpo. Y, aunque el encuentro apenas duró unos segundos, el contacto con aquel pulpo bastó para que mi soledad desapareciera. Estar solo significa haber perdido la conexión con el mundo exterior. Sin embargo, en aquel momento me sentí unido al mar y a todo el universo a través del pulpo.

En la Antigüedad se consideraba bello no solo aquello que deleitara la vista, sino también cualquier experiencia que conmoviera al corazón, a la mente y al alma. Precisamente eso es lo que hizo el pulpo antes de desaparecer en aquellas aguas completamente oscuras. Me rozó los pies, pero su tacto se extendió desde ellos hasta la cabeza.

Viví dos años más en Seogwipo antes de regresar, con el cuerpo y el alma sanados, a Seúl. El encuentro con el joven pulpo marcó el inicio de mi curación. Hoy en día en ese lugar ya no existe el mar. Allí donde el pulpo exploró mis pies con la punta de sus tentáculos ha surgido entretanto una gigantesca base naval, construida con cientos de cargamentos de concreto. Ante semejante poder de destrucción concentrado, estos animales de largos brazos han decidido buscar nuevos horizontes. Ejercemos violencia sobre la naturaleza que nos cura y, por ignorancia, le provocamos daños irreversibles. ¿Adónde iremos a buscar sanación en el futuro?

CONTANDO POLLOS

¿Justifica nuestra vida este sacrificio?

Rachel Naomi Remen, pionera de la medicina integrativa, se mudó tras la muerte de su padre a casa de su madre, que por aquel entonces tenía 88 años y que, como sufría del corazón, necesitaba que alguien se ocupara de ella. A Rachel le preocupaban no solo las limitaciones físicas de su madre, sino también su ateísmo: ¿cómo podía morir en paz una persona si, al volver la vista atrás, no lograba perdonar a los demás y a sí misma a través de la fe? ¿Acaso no es ese perdón lo que da sentido a la vida y lo que permite cerrar los ojos para siempre con serenidad? Pero la madre de Rachel pensaba que la religión era pura superstición.

Para convencerla de que debía cambiar de planteamiento, Rachel le propuso que meditaran juntas cada mañana durante quince minutos. Y aunque a la madre la perspectiva de permanecer en silencio no le parecía nada interesante, aceptó. Sin embargo, durante la práctica Rachel abría los ojos de vez en cuando y descubría que lo que la anciana hacía, en lugar de meditar, era contemplar con amor el rostro de su hija.

Al final, Rachel llegó a la conclusión de que todo aquello no era más que una pérdida de tiempo, así que preguntó a su madre si no deberían dejar la meditación. Pero la anciana no quería ni oír hablar de aquello. Para ella, contemplar a su hija cada mañana durante quince minutos era una alegría. Entonces, Rachel desistió de tratar de convertirla.

Una noche, después de cenar, constató con satisfacción que su madre permaneció una hora entera con los ojos cerrados, sentada en el salón. Tras comprobar que no se había quedado dormida, se unió a ella para meditar juntas. Al cabo de un buen rato, la madre abrió los ojos y miró a Rachel. Cuando esta le preguntó qué había estado haciendo, la anciana respondió con una sonrisa: «He estado contando pollos».

Rachel pensó que su madre había perdido definitivamente el juicio y la observó con perplejidad. Entonces la anciana le explicó entre carcajadas que durante la cena, al ver el pollo en su plato, se había dado cuenta repentinamente de que a lo largo de su vida había comido entre uno y dos pollos por semana, así que empezó a calcular cuántos ejemplares sumaban en total: dos pollos por cincuenta y dos semanas por ochenta y cuatro años hacían más de ocho mil. Pensativamente, añadió: «¡Cuántas vidas inocentes!».

Se preguntó si la manera en la que había vivido justificaba todos aquellos sacrificios, lo que la llevó a repasar su pasado: las decepciones que había sufrido y las duras pruebas que había tenido que superar, pero también los momentos en los que, sin querer, había herido a otras personas. Con una pícara sonrisa, miró a su hija y concluyó: «Pero no he sido ni falsa ni pendenciera, así que creo que mi vida ha merecido el sacrificio de todos esos pollos».

No hay una decisión moral más trascendental que esta. ¿Cuántos pollos, vacas y cerdos nos comemos a lo largo de los años?

¿Cuántos animales inocentes al día deben perder su vida por nosotros? Ninguna meditación es más importante que la reflexión en torno a esta pregunta: ¿vivimos de una manera que justifique todos esos sacrificios? El mero hecho de que seamos humanos no es, ni mucho menos, un motivo para comernos egoístamente a seres vivos más débiles que nosotros sin sentir siquiera compasión o gratitud hacia ellos.

En cierta ocasión estaba practicando senderismo por la región de Dolkha, en el este de Nepal, cuando nos perdimos en el camino que conducía de un pueblo de montaña a otro. Ni siquiera nuestro experto *sherpa* sabía qué dirección tomar porque aquella ruta era nueva para él. Ya habíamos atravesado dos montañas cuando, al caer la tarde, apareció al fin una aldea en el horizonte. Llevábamos todo el día sin probar bocado.

Cuando llegamos a las primeras casas, vimos una pequeña cabra que, atada a una cerca, estaba pastando. El hambriento *sherpa* empezó inmediatamente a negociar con su dueño para que la sacrificara y nos la cocinara. Aún no entiendo por qué no intervine en ese momento. Ni estábamos a punto de morir de hambre ni el mal de altura había nublado nuestra capacidad de discernimiento. Habría bastado con encontrar cualquier otra cosa que comer. Me quedé horrorizado por la rapidez con la que nos sirvieron la cabra y no pude por menos que recordar cómo me había mirado aquel animal inocente, con sus grandes ojos azules, desde la valla. Aquel impactante suceso se ha quedado grabado en mi memoria.

¿Cuántos animales consumimos a lo largo de nuestra vida? Vivimos a costa de criaturas que tienen el mismo derecho a existir que nosotros y que también aspiran a la felicidad. Hemos adquirido ante ellos la obligación de organizar nuestra vida de manera que tenga sentido, para que el sacrificio de estos seres no sea en vano. Tarde o temprano se nos aparecerán en sueños y nos preguntarán si somos dignos de ellos.

Una historia tradicional del sijismo cuenta que un maestro espiritual convocó a dos de sus discípulos en su cabaña con la intención de nombrar a uno de ellos como su sucesor. Le entregó un pollo a cada uno y les ordenó: «Vayan a algún lugar en el que nadie los vea, maten a este animal y tráiganmelo de nuevo».

Uno de los discípulos agarró al pollo, se fue directamente tras la cabaña, le torció el pescuezo y lo trajo de vuelta. El otro vagó durante horas y acabó regresando sin haber ejecutado el encargo. Cuando el maestro le preguntó qué había pasado, respondió: «No he encontrado ningún lugar en el que matar al animal sin que nadie me viera. Adondequiera que fuera, este pollo siempre me estaba mirando».

Entablamos relaciones con los demás no solo porque queremos completarnos personalmente, sino también, y por encima de todo, porque solo en ellas reconocemos nuestro auténtico valor. Mediante las relaciones que tejemos, además de compensar nuestras carencias, experimentamos la perfección de nuestra esencia: «Eres un ser humano especial porque me haces perfecto». Que nuestra vida tenga o no sentido depende de nuestras relaciones entre el yo y el tú.

ES EN LA OSCURIDAD DONDE LOS OJOS APRENDEN A VER

La iniciación de los sacerdotes koguis en Sudamérica

En la estribación norte de los Andes, en las laderas de la Sierra Nevada de Santa Marta (Colombia), vive, a una altitud de unos cinco mil novecientos metros sobre el nivel del mar, la tribu de los koguis, que se niega a mantener contacto con el mundo exterior, especialmente con los europeos. Allí conservan una peculiar tradición: los sacerdotes, denominados *mamas*, averiguan por medio de prácticas adivinatorias cuándo va a nacer un bebé destinado a convertirse también en sacerdote. Inmediatamente después del parto, lo transportan a una cueva situada en la cima de una montaña.

Mientras aún es lactante, su madre permanece a su lado para calmarlo y alimentarlo, pero la educación corresponde a los sacerdotes. Durante nueve años no se le permitirá salir de la gruta ni ver el sol o la luna. Dormirá de día, se mantendrá despierto por la noche y tomará alimentos sencillos, como setas, calabacitas o frijoles. Los sacerdotes le contarán historias acerca de Aluna, la Gran Madre, creadora del mundo, y lo iniciarán en la mitología y en los rituales religiosos. Una vez superada esta primera fase de su educación, el pequeño puede elegir si desea regresar a su aldea o bien quedarse en las alturas y seguir aprendiendo. Si opta por esto último, deberá permanecer otros nueve años más en la gruta.

En la penumbra que reina en ella, aprenderá a comunicarse con su voz interior y a desarrollar su espiritualidad. Se le revelarán los secretos del cielo y de la tierra y se le mostrará la singularidad y la belleza del mundo humano. El niño se preguntará cómo será el aspecto de los árboles, de las montañas y de las aves que vuelan en el cielo, y qué sensación provocará lavarse el cuerpo en el agua del mar. Dado que ha aprendido a ver en la oscuridad, desarrollará la clarividencia necesaria para examinar las ilusiones creadas por la mente.

Cuando hayan pasado esos dieciocho años de duro aprendizaje, el novicio saldrá por primera vez de la cueva, acompañado de un sacerdote, en el momento en el que los primeros rayos de sol se estén asomando por la sierra. De repente, tendrá directamente ante él un mundo que hasta ese momento no ha existido más que en su mente. ¡Qué impacto! ¡Qué sorpresa y qué maravilla! Las hojas que tiemblan con la brisa, el verdor, el musgo sobre las rocas, los pájaros en el cielo a plena luz del día, los rayos del sol sobre la piel y miles de árboles y plantas diferentes... Sobrecogido ante esta majestuosidad, el joven se postrará inmediatamente sobre el suelo ante Aluna, la Gran Madre. De ese modo su corazón comprenderá la naturaleza divina del mundo, lo que permitirá que el chico sea reconocido como sacerdote de la tribu. En calidad de eslabón entre su comunidad y el mundo espiritual, su misión a partir de ese momento será acercar a su gente a la divinidad.

En este ritual de los koguis, yo veo otro significado más. En los momentos de sufrimiento tenemos la impresión de estar atrapados en una oscura cueva. La luz de la esperanza no llega hasta nosotros y no encontramos ninguna forma de acceder a las alegrías del mundo exterior. Esa experiencia nos permite madurar. Del mismo modo que los novicios koguis permanecen largo tiempo en la oscuridad para agudizar su vista, las horas de tinieblas y de angustia nos proporcionan una perspectiva profunda y amplia de la vida. Es difícil desarrollar hondura cuando solo nos movemos en la claridad.

El dolor nos induce a retirarnos a una especie de gruta en la que nos sentimos apartados para siempre de la luz del mundo exterior. Pensamos que la vida ha terminado. Sin embargo, una vez que superamos ese periodo, cierto día salimos a la luz del sol de primavera y contemplamos cómo a nuestro alrededor todo reverdece y brilla y las mariposas aletean. La visión de una sencilla flor que se abre paso a través de una grieta en la roca nos proporciona fuerza y nos hace preguntarnos cómo ese ser ha conseguido echar raíces en semejante lugar. Solo por este despertar, por este nuevo encuentro con el mundo, vale la pena haber pasado un tiempo en la oscuridad. La meditación en las tinieblas que nos impone la vida nos brinda la oportunidad del autoconocimiento, de la purificación interior y de la unión: nos fundimos con lo divino que habita en nosotros. Ese es el secreto del tormento del alma.

Mama, que es el término que se utiliza para designar a estos hombres de la tribu de los koguis, significa tanto sacerdote como curandero. Quien no pase por esta prueba de las tinieblas no podrá conocer los aspectos oscuros del ser humano. Las heridas y el dolor sirven de puente entre el saber superficial y la sabiduría profunda.

En inglés, «bendecir» se dice *blessing*, vocablo que deriva del francés *blesser*, que a su vez significa «herir»: es una hermosa manera de describir lo estrechamente relacionados que se encuentran la bendición y el dolor. De vez en cuando necesitamos retirarnos a una cueva oscura y atravesar momentos de desesperación para poder venerar después el milagro y la belleza de la vida. Muchos sanadores espirituales han pasado por duras pruebas del destino antes de salir de la gruta en dirección al mundo. Hay cosas que no podemos ver si existe demasiada luz.

Cuando la oscuridad es tanta que ya no distinguimos nada, la luz de nuestro interior empieza a brillar. Como dijo el poeta Theodore Roethke: «Solo en la oscuridad pueden nuestros ojos empezar a ver».

EL DIAMANTE AGRIETADO
Un defecto con potencial para la creación

Había una vez un monarca que reinaba sobre un pequeño territorio y que, a diferencia de los grandes soberanos de la historia, no tenía madera de conquistador. Su reino era tan modesto que se podía abarcar con la vista; las arcas de su Estado, también. Sin embargo, el monarca poseía un diamante especial que pertenecía a su familia desde hacía siglos y que se había transmitido de generación en generación. Aunque nadie conocía el origen de aquella piedra preciosa, se trataba de una joya tan perfecta que expertos de todo el mundo ensalzaban sus virtudes.

Para que todas las personas tuvieran la oportunidad de admirar esta maravilla, el rey había hecho instalar expresamente una vitrina en la sala principal de su palacio, a la que, día tras día, acudían en masa los visitantes para ver con sus propios ojos aquel tesoro y asombrarse ante él. El caso es que la mera posesión de aquella gema daba prestigio al reino.

Sin embargo, cierto día uno de los guardias acudió corriendo al rey para informarlo de que había descubierto una grieta en el diamante, pese a que se había pasado el día y la noche enteros vigilando atentamente la piedra para que nadie la tocara. El monarca y sus ministros llegaron deprisa y examinaron la joya. En efecto: tal y como había comunicado el soldado, justo en el centro había una hendidura.

El rey convocó de inmediato a joyeros, tanto locales como extranjeros, para que inspeccionaran la gema. Después de un minucioso examen, uno de ellos llegó a la conclusión de que había perdido todo su valor. El daño era irreparable. Aterrorizado, el rey se desmayó y su pueblo quedó profundamente apesadumbrado. Tan afectados estaban los ánimos en el reino que los viajeros que llegaban hasta allí consideraban que aquel era un país de tercera, decadente y cuyos días como Estado independiente estaban contados.

En este triste periodo llegó al palacio un anciano que decía ser tallador de piedras preciosas. Después de estudiar pormenorizadamente el diamante declaró con seguridad: «Puedo devolver a esta piedra su antiguo esplendor. Es más, ¡puedo hacerla más hermosa de lo que era antes!».

El rey lo observó con desconfianza. También sus ministros se mostraron escépticos: «No podemos permitir que nuestro tesoro caiga en manos de este tipo. Lo único que hará será empeorar la grieta y entonces ni siquiera nos quedará el recuerdo de su antigua grandeza. Además, ¡ni siquiera parece un experto!».

A pesar de todo, el anciano tallador se mantuvo firme: «Si me confían la piedra, la restauraré perfectamente. Se la devolveré dentro de una semana».

Los ministros advirtieron al rey que lo más probable era que aquel hombre pretendiera tomar el diamante y salir rápidamente.

El monarca reflexionó. La gema había perdido su valor, pero no por eso estaba dispuesto a que se la arrebataran. Así pues, decidió aceptar la oferta del anciano, pero a condición de que permaneciera en el palacio para ejecutar su trabajo. Ordenó entonces que se dispusiera un taller para el joyero y se le proporcionara todo lo que necesitara.

El rey, sus ministros y también todo el pueblo esperaron con el aliento contenido a que la reparación terminara. Aquellos siete días parecieron una eternidad.

Cuando llegó la fecha acordada, el tallador compareció ante el monarca, como había prometido, y le entregó el diamante. El soberano no podía creer lo que veían sus ojos. ¡La piedra era aún más hermosa que antes! Aquel anciano no solo había solucionado el defecto, sino que también había creado algo mucho más fascinante de lo que había en un principio: había labrado a lo largo de la grieta un tallo en el que se abrían unas rosas que parecían de verdad, acompañadas de hojas y espinas. ¡Era la obra, sofisticada y perfecta, de un genio!

Radiante de felicidad, el rey le ofreció al anciano quedarse en el palacio durante el resto de sus días, pero el joyero declinó su oferta con las siguientes palabras: «Lo que hice no tiene nada de especial. Simplemente aproveché la hermosa forma de la grieta».

Cada persona nace como un diamante maravilloso y sin mácula. Con el tiempo, la vida abre en ella grietas. El arte de vivir consiste precisamente en ayudar a este yo herido y vapuleado a resplandecer una y otra vez de una manera maravillosa, siempre con un nuevo brillo. Y es un arte porque su objetivo es modelar, con toda la creatividad posible, algo nuevo a partir de los errores y las carencias.

Una mujer acudió a la consulta de una psicóloga. A primera vista parecía segura de sí misma, con una alta autoestima, casi perfecta. Sin embargo, tan pronto como tomó asiento se puso a llorar. Cuando la terapeuta se acercó a ella y le tomó la mano, la paciente sollozó unos instantes antes de levantar su rostro bañado en lágrimas y excusarse, desorientada: «Lo siento. Hace años que no lloro, pero...».

Resulta que dos meses atrás le habían amputado el pecho izquierdo. De forma totalmente inesperada, le habían diagnosticado un cáncer de mama y aquella operación parecía ser la mejor decisión posible. La intervención había salido bien. Sin embargo, para aquella mujer soltera, de unos 35 años y con una exitosa carrera profesional, todo lo sucedido la había tomado por sorpresa. Los hombres siempre se habían interesado por ella, pero —decía la paciente— ahora eso se había terminado. No quería enseñarle a nadie su cuerpo mutilado.

En su trabajo nadie sabía nada de la operación. Ni siquiera se lo había comunicado a sus padres. De hecho, había ingresado en el hospital sola. El motivo por el que había buscado apoyo psicológico era que el peso de aquel secreto era demasiado grande para ella y necesitaba compartirlo con alguien.

A partir de ese momento, acudió a consulta cada tres o cuatro meses. En su vida no cambió nada. Lo que, sin embargo, sí cambió fue su visión de las relaciones y del matrimonio. Se entregó en cuerpo y alma a su trabajo. Cuando la terapeuta le preguntó si quería permanecer soltera durante el resto de su vida, ella lo negó: «Solo viviré así durante cinco años. Después me pondré una prótesis mamaria».

Su médico le había aconsejado esperar ese periodo para observar mejor si volvía a aparecer algún tumor. En cinco años, aseguraba, podría volver a llevar la vida que quisiera.

Unos meses antes de someterse a esta nueva e importante intervención, la mujer volvió a la consulta de la terapeuta y le contó que en el acto de inauguración de una exposición había conocido a un pintor y que ambos se habían entendido muy bien. Sin embargo, cuanto más estrechaban su relación, más miedo sentía ella. Estaba convencida de que su historia terminaría en cuanto le confesara a él la verdad.

«Quiere que seamos algo más que amigos, pero no puedo enseñarle mi horrible cuerpo. Solo quedan seis meses para la operación».

Había reservado aquella intervención con un año de antelación y, como su seguro médico no cubría la astronómica cifra que costaba, había ahorrado durante cinco años para permitírsela. Esperaba con todo su corazón que la operación fuese un éxito y poder recuperar su perfecto cuerpo. «Ojalá todo salga bien», decía, con lágrimas en los ojos.

No volvió a la consulta hasta unos días antes de entrar en el quirófano. Cuando llegó, estaba prácticamente irreconocible. Radiante de felicidad. La terapeuta le preguntó por los detalles de la intervención prevista, pero la paciente le respondió, sonriendo, que la había cancelado.

Ante la mirada de sorpresa de la psicóloga, la mujer empezó a desabotonarse lentamente la blusa y, finalmente, se la quitó. No llevaba brasier. El pecho derecho, sano, era hermoso. Pero, aunque su belleza era subyugante, palidecía ante la del izquierdo. En el lugar donde antes había un seno, ahora crecían artísticamente, como enredaderas, varias flores pequeñas. Eran tan realistas como si de verdad brotaran del cuerpo. Desde el centro del tronco se extendía un tallo color pastel que llegaba hasta el hombro izquierdo, y alrededor de él flotaban algunos pétalos, como mecidos por el viento. Todo aquel cuerpo se había convertido en un maravilloso cuadro.

La terapeuta se quedó boquiabierta y, como mujer, casi sintió envidia por su paciente. ¡Ella era un sueño para cualquier hombre!

Mientras la joven volvía a ponerse la blusa, explicó a la terapeuta, que aún no salía de su asombro: «Mi marido —mi amigo, el pintor del que le hablé la última vez— pintó este cuadro. Después viajamos juntos a Ámsterdam y allí me lo tatué. Con el dinero que había ahorrado para una operación que ya no necesito celebramos nuestra luna de miel. Ahora soy verdaderamente feliz».

El mayor arte es volver a unir lo que se ha resquebrajado para que florezca con una nueva belleza. Solo cuando un corazón se ha roto, consigue abrirse y buscar afanosamente la luz. En ese momento se revela la fuerza sanadora del alma y nuestra espiritualidad. Una herida no nos hace imperfectos. ¡Todo lo contrario! A través de ella avanzamos hacia la perfección.

En su obra *The Spirituality of Imperfection*, Ernest Kurtz escribe: «El rabino Mosche Leib de Sasov sostiene que nuestra fragilidad nos conduce a la perfección. Nadie es tan perfecto como una persona que tiene el corazón roto, porque la palabra *perfección* no es sinónimo de "corazón irrompible" ni de "ausencia de dolor"».

SOBRE CRÍTICOS, VACAS Y CERDOS

¡Déjanos vivir más allá de las valoraciones!

Recientemente la directora de una orden budista won me explicó cómo decidió en su juventud ingresar en el monasterio. Cuando comunicó a su familia lo que tenía pensado hacer una vez que concluyera sus estudios, se encontró con la firme oposición de su padre. Por más que ella intentara convencerlo, aquel hombre no quería ni oír hablar de ese proyecto. En algún momento, la joven le preguntó por qué se oponía con tanta necedad a su plan, y su respuesta la sorprendió: decía que conocía bien a su hija mayor y sabía que poseía un gran sentido de la responsabilidad y de la justicia, así que en ese aspecto no estaba preocupado. Sin embargo, le inquietaba que, cuando dejara a su familia para vivir en una orden, no supiera aceptar las opiniones de los demás sin señalarles sus fallos y sus carencias.

La joven reflexionó acerca de aquellas reservas y le prometió que siempre las tendría en mente. Finalmente, su padre le dio permiso para irse al monasterio. A lo largo de sus cincuenta años en él, la mujer no olvidó jamás sus palabras y siempre se esforzó por ponerse en el lugar de los demás para analizar sus pensamientos y acciones, incluso aunque fueran en contra de su idea de lo correcto y lo justo. Tampoco perdió de vista que lo único que quieren todos los seres humanos es ser felices, simplemente. Gracias a ello hoy goza del respeto general de su orden y muchos ven en ella un ejemplo.

Durante un tiempo viví en una pequeña comunidad de Seúl, en la que hospedamos de forma temporal a una mujer procedente de un centro de meditación indio. Era sincera y correcta en todo lo que hacía, y durante los tres meses que duró su estancia no vaciló en comunicarnos sus críticas, que dejaron profundas huellas en nuestras vidas.

El problema era su vena pedante: la vajilla debía lavarse inmediatamente después de la comida; las malas hierbas del patio tenían que arrancarse «con prontitud» y la meditación había de hacerse «forzosamente» en momentos fijados con exactitud; no se podía recibir visitas sin previo aviso y, en cualquier caso, los visitantes no podían quedarse mucho tiempo; como vivíamos en comunidad, cada uno debía realizar su parte del trabajo; sentarse un rato o echar una siestecita era inconcebible para ella...

Por todas partes —en el refrigerador, en las puertas de las habitaciones y hasta en el baño— íbamos encontrando notitas que nos recordaban las reglas de comportamiento. Bajo su influencia desapareció la pausa después del almuerzo, igual que lo hizo la mala hierba del sendero del jardín, y aprendimos a ser precavidos cuando hablábamos con los visitantes.

En realidad, nuestra comunidad se había fundado como un experimento temporal para descubrir si es posible llevar una vida autónoma sin necesidad de una regulación desde el exterior. ¿Qué ocurriría si no existieran normas y directrices establecidas de manera artificial? ¿Cómo sería nuestra vida? Si no nos imponíamos ningún código de comportamiento, ¿se abrirían paso con más fuerza la responsabilidad y la sabiduría presentes de manera natural en nosotros? El caso es que, antes de que pudiéramos descubrirlo, las críticas permanentes de una persona concreta nos estaban encorsetando en las reglas. Bajo su estricta mirada no éramos más que una pandilla de escapistas indisciplinados.

Si nos veía sentados tranquilamente, nos preguntaba, en medio de un sinfín de reproches, por qué estábamos ahí tirados y distraídos. Si admirábamos el esplendor de las flores en el jardín, nos exigía que empleáramos mejor nuestro tiempo meditando. No había paso, frase o pensamiento que quedara a salvo de sus comentarios. Cuando nosotros reíamos, aquello era ruido; cuando reía ella, aquello era un signo de alegría. Cuando nosotros bailábamos, sembrábamos el caos; cuando bailaba ella, ejecutaba una meditación en movimiento. La convivencia con aquella mujer supuso para todos una dura prueba.

La peor costumbre que puede tener una persona es pensar que debe corregir permanentemente las debilidades de sus semejantes. Al hacerlo, en el fondo está negando que los demás dispongan de alguna instancia operativa de control en su interior.

Si la única herramienta con la que contamos es un martillo, necesariamente creeremos que todos los seres que están ante nosotros son clavos que sobresalen. Que nos encontremos en el camino correcto no significa que ese sea el único camino. En realidad, es solo uno de muchos. Las relaciones felices nacen cuando aceptamos al otro como es, en lugar de criticarlo constantemente o darle consejos.

En los quince años durante los que me guio mi maestro indio Sukhdev Babaji, jamás me sugirió cómo debía vivir o qué debía hacer. «¿Por qué no te cuidas?», «ese es un lugar peligroso, ¡mantente lejos de él!», «¡deberías meditar!», «¡no te fíes de ese tipo!»... Él podría haberme aconsejado todo esto y mucho más, pero no lo hizo. Solo después de su muerte me di cuenta de que habíamos dialogado de igual a igual sin esperar nada del otro ni imponerle exigencias. De hecho, él incluso consideraba innecesario referirse a mí como su discípulo.

Si alguna vez te conozco en persona, me gustaría que nos pusiéramos a la misma altura, sin críticas ni valoraciones, simplemente como seres humanos.

Un monje mendicante hinduista, un rabino judío y un crítico coincidieron por casualidad en una posada. Era una noche de tormenta y en el establecimiento aún quedaba una habitación libre, en la que solo había dos camas. Así pues, uno de los tres tendría que instalarse en el establo.

El hinduista anunció que él era un asceta, por lo que no le importaba dormir allí. Por tanto, salió rumbo al establo en cuestión. Sin embargo, al cabo de un rato llamó a la puerta y, cuando los otros dos le abrieron, les explicó: «En mi religión, las vacas son sagradas y no debemos molestarlas. Como en el establo hay vacas, no puedo dormir allí».

El rabino respondió: «No te preocupes. Yo pernoctaré en el establo». Sin embargo, poco después de irse, alguien llamó a la puerta: era él otra vez. «Por desgracia, en el establo hay cerdos, que en mi religión se consideran impuros. Lamentablemente, no me es posible pasar la noche en un espacio compartido con esos animales».

El crítico se encogió de hombros. «De acuerdo —contestó—. Entonces yo dormiré en el establo».

Un par de minutos más tarde volvieron a llamar a la puerta. Eran las vacas y los cerdos.

REGALOS INESPERADOS

Vivo mi vida en anillos crecientes

En sus memorias, *Confieso que he vivido*, el poeta Pablo Neruda explica cómo, de niño, cuando estaba jugando en el patio trasero de su casa, encontró por casualidad un agujero en una tabla del cercado. Estaba ocupado con los sencillos objetos y los pequeños seres vivos que había en su entorno, pero cuando miró a través de aquel orificio, vio un terreno baldío que, a todas luces, nadie cuidaba.

«Me retiré unos pasos, porque vagamente supe que iba a pasar algo».

De pronto apareció a través del agujero la mano de un niño, aparentemente de su misma edad, que lanzó a través de él una oveja blanca y, acto seguido, desapareció. Era una oveja de juguete, con lana desteñida y que en su momento debió de estar sobre unas ruedas que ya se le habían caído, lo que la hacía asemejarse a una oveja de verdad.

«Nunca había visto yo una oveja tan linda». Después miró por el agujero, pero el niño había desaparecido.

Neruda corrió a su casa y regresó con uno de sus tesoros más preciados: una piña de pino «entreabierta, olorosa y balsámica». La depositó al otro lado del agujero y regresó a su hogar con la oveja.

«Nunca más vi la mano ni el niño. Nunca más he vuelto a ver una ovejita como aquella. La perdí en un incendio. Y aún ahora, en estos años [Neruda tenía 50 años], cuando paso por una juguetería, miro furtivamente las vitrinas. Pero es inútil. Nunca más se hizo una oveja como aquélla».*

En varios de sus artículos, Pablo Neruda evoca aquel suceso:

> Yo he sido un hombre afortunado. Conocer la fraternidad de nuestros hermanos es una maravillosa acción de la vida. Conocer el amor de los que amamos es el fuego que alimenta la vida. Pero sentir el cariño de los que no conocemos, de los desconocidos que están velando nuestro sueño y nuestra soledad, nuestros peligros o nuestros desfallecimientos, es una sensación aún más grande y más bella porque extiende nuestro ser y abarca todas las vidas. Aquella ofrenda traía por primera vez a mi vida un tesoro que me acompañó más tarde: la solidaridad humana.

Y continúa:

> No sorprenderá entonces que yo haya tratado de pagar con algo balsámico, oloroso y terrestre la fraternidad humana. Así como dejé allí aquella piña de pino, he dejado en la puerta de muchos desconocidos, de muchos prisioneros, de muchos solitarios, de muchos perseguidos, mis palabras. Esta es la gran lección que recogí en el patio de una casa solitaria, en mi infancia.

* Los fragmentos entrecomillados se extrajeron de la obra de Pablo Neruda *Confieso que he vivido: memorias*, Planeta, Barcelona, 1999, p. 17. *(N. de la T.)*.

Tal vez solo fue un juego de dos niños que no se conocen y que quisieron comunicarse los dones de la vida. Pero este pequeño intercambio misterioso se quedó tal vez depositado como un sedimento indestructible en mi corazón, encendiendo mi poesía.*

Los regalos que no esperamos dejan una huella especialmente profunda en el corazón. Si, además, proceden de desconocidos, su efecto es aún más duradero. Nos impulsan a corregir nuestra manera de mirar a los demás, a mostrarnos más solidarios en la comunidad y a ampliar nuestros horizontes. La meditación y la religión pueden ayudarnos a entender que estamos conectados con todos los seres vivos, pero son estos obsequios casuales los que nos impactan y nos llevan a abrirnos y a sentir esa conexión en primera persona.

Cuando tenía unos 25 años conocí, no lejos del barrio Daehakro, en Seúl, a un joven estadounidense con aspecto de *hippie*. En aquella época aún no había muchos turistas extranjeros en nuestro país y, además, este tenía barba y una larga melena castaña, así que inmediatamente llamó mi atención.

En un principio nos cruzamos, sin más, pero al cabo de unos pasos los dos nos detuvimos al mismo tiempo y nos giramos, probablemente porque a ambos la apariencia del otro nos resultó peculiar. Enseguida entablamos una conversación. Él era de Nueva York y ya había viajado por la India y por Nepal. Cuando le hablé de los maestros espirituales que yo

---

* Los fragmentos entrecomillados se extrajeron de «Infancia y poesía», en la obra de Pablo Neruda *Veinte poemas de amor y una canción desesperada*, Norma, Bogotá, 2004, pp. 23-24. *(N. de la T.)*.

conocía, se sintió tan entusiasmado que sacó dos casetes de música de la bolsa que llevaba colgada y me los regaló. Me sorprendió que me hiciera un obsequio tan caro y, para agradecérselo, le di un abrazo. Después, cada quien continuó su camino. Pero cuando, diez metros más allá, me volví a girar para mirarlo, comprobé que él también se había girado. Los dos nos dijimos adiós con la mano.

La música que me regaló era fascinante. Jamás había oído nada parecido. Se trataba de una música para la meditación que no tenía nada que ver con la que yo conocía. Escuché aquellos casetes una y otra vez, hasta que empezaron a desgastarse. Hice copias de ellos para poder seguir escuchándolos. Desde entonces soy fan de la música para la meditación y he incluido en mi fonoteca composiciones de indios y de nativos americanos. Escucharlos se ha convertido en una parte importante de mi vida, una parte que la completa.

Después de aquel encuentro, intenté compartir con las personas de mi entorno la música que iba descubriendo y que me gustaba. Como traducía obras sobre meditación y publicaba libros de aforismos, me resultaba natural plantearme la posibilidad de compartir con los demás aquello que era crucial para mí. Dos casetes de música que me había regalado un hombre absolutamente desconocido con el que me había cruzado por casualidad acabaron marcando buena parte de mi existencia. Un corazón que hace el bien a otro crece más allá de sus límites.

En Benarés, en el norte de la India, recibí otro regalo. En la entrada del hostal en el que me alojaba se sentaba cada mañana un anciano que recitaba versos. Resulta que los había extraído del Bhagavad Gita, uno de los textos más sagrados y fundamentales del hinduismo, que él conocía a la perfección. Cada día, hasta que me llegó el momento de partir, me senté a su lado y escuché su recital. Aquel hombre me hizo el mayor regalo intelectual que se le puede ofrecer a un desconocido, y además no me pidió nada a cambio. Lo único que hice por él fue cortarle las uñas de las manos y de los pies con mi cortaúñas. En cambio, él amplió mis horizontes, lo que me permitió incorporar una nueva dimensión a mi mirada. De repente, conseguí percibir nuestro planeta como un lugar en el que existe la apertura, la esperanza y la promesa de que los seres humanos y los animales pueden convivir en armonía. Aún hoy me parece estar oyendo su voz cada vez que consulto el Bhagavad Gita.

Cada persona tiene un horizonte espiritual dentro de cuyos límites se mueven sus pensamientos. En algunas, esos horizontes se amplían a lo largo de la vida, mientras que en otras se van estrechando cada vez más. Yo estoy convencido de que si el círculo de nuestro pensamiento se extiende hasta el infinito, Dios penetra en él. Ese es el momento de la gran liberación espiritual.

En su poema «Vivo mi vida en anillos crecientes», Rilke escribió lo siguiente:

Vivo mi vida en anillos crecientes,
trazados por encima de las cosas.
El último quizá no lo complete
pero quiero intentarlo.*

---

* Estos versos se extrajeron de la traducción de Fernando J. Palacios León de la obra de Rainer Maria Rilke *El libro de las horas*, Pregunta Ediciones, Zaragoza, 2020, p. 13. *(N. de la T.)*.

En la vida también existe ese agujero en el cercado. Nunca podemos saber qué regalo nos entregará de repente, mientras estamos contemplando un terreno baldío, una mano llegada de otro mundo. Cuando vuelvo la vista atrás, me doy cuenta de que han sido precisamente los obsequios inesperados los que más felicidad me han aportado. Esos regalos generosos que recibimos de desconocidos no solo alegran nuestro corazón: también amplían los círculos en los que pensamos. Y cuando los compartimos con los demás, el radio de esos círculos se vuelve a ampliar. El regalo sorpresa que nos hace Dios, disfrazándolo de casualidad, se llama bienaventuranza.

MÁS QUE UN DATO ESTADÍSTICO
Tú y yo

Puede que el Evangelio según San Juan empiece por las palabras «en el principio era el verbo», pero el filósofo de las religiones Martin Buber está convencido de que «en el principio era la relación». En este sentido, distingue entre dos tipos de encuentros: el que se da entre el yo y el tú y el que se da entre el yo y el ello.

En el encuentro entre el yo y el ello se construye una relación exclusivamente orientada hacia los objetivos. El interlocutor puede sustituirse en todo momento por otro que cumpla la misma función (o una función superior) y la relación en sí sirve exclusivamente como medio para alcanzar una meta determinada.

En cambio, el encuentro entre el yo y el tú da lugar a una relación personal en la que no es posible sustituir ni al yo ni al tú. Nos implicamos con todo nuestro corazón y no juzgamos al otro en función de lo útil que nos sea. Los juicios se producen fundamentalmente en la relación entre el yo y el ello, que se guía por los objetivos, a diferencia de la relación entre el yo y el tú, que se basa en el amor y brinda al otro el espacio necesario para que sea él mismo. En la relación entre el yo y el ello el interlocutor solo existe como espejismo. En ese caso, no vemos a la persona, sino sus capacidades. El «tú» es una mera envoltura que se disuelve tan pronto como ha prestado sus servicios al «mí». Del mismo modo, el «yo» se convierte en alguien que no existe realmente para el «ti».

La mayor pérdida en las relaciones interpersonales se da cuando el encuentro se volatiliza en el nivel del yo y el tú y la relación degenera hasta transformarse en un negocio. En mi experiencia he comprobado que en la relación entre autores y editoriales, a menudo el «yo» comercializado está por encima del «yo» humano. Cada vez que veo a los profesionales del *marketing* pronunciando a la ligera el término *público objetivo* en sus reuniones me horrorizo: con él, los lectores se degradan hasta convertirse en un «ello».

En cambio, en las lecturas públicas puedo construir una relación de «yo y tú» con mis lectores. A veces, de estos encuentros nace un contacto duradero. El éxito de un escritor no se mide por el número de ejemplares que vende, sino por cómo consigue establecer una relación franca con su público interesándose por su vida.

De acuerdo con Buber, en todas las relaciones, la infelicidad y los conflictos surgen cuando, en lugar de mantenernos en el nivel del yo y el tú, pasamos al nivel del yo y el ello. Si, en lugar de considerar los elementos humanos, solo nos interesamos por la utilidad y el objetivo, no nos será posible tejer una relación verdadera.

Como viajo con frecuencia a la India y a Nepal, es lógico que cada vez conozca a más personas de estos países. Algunas de ellas cuidan su relación de «yo y tú» conmigo, mientras que otras se quedan en el nivel de «yo y ello». En ciertos hostales, incluso después de diez años, he seguido siendo un mero turista al que se le puede continuar exigiendo un precio desorbitado, mientras que en otros han empezado a tratarme como un miembro más de la familia al cabo de uno o dos años. Evidentemente, solo nos resultan enriquecedores aquellos lugares en los que ocurre esto último.

Entablamos relaciones con los demás no solo porque queremos completarnos personalmente, sino también, y por encima de todo, porque solo en ellas reconocemos nuestro auténtico valor. Mediante las relaciones que tejemos, además de compensar nuestras carencias, experimentamos la perfección de nuestra esencia: eres un ser humano especial porque me haces perfecto. Solo a través de ti encuentro a mi verdadero yo y me libero de mi egocentrismo.

De acuerdo con Buber, no podemos vivir sin el ello. Sin embargo, alguien que se queda exclusivamente en el nivel del ello no es realmente humano. Incluso en una relación con un objeto o con un animal es posible pasar del plano del yo y el ello al plano del yo y el tú gracias a los sentimientos profundos. Todos sabemos la felicidad que pueden proporcionarnos una mascota o una planta de interior. Que nuestra vida tenga o no sentido dependerá de nuestras relaciones entre el tú y el yo.

La verdadera vida surge en los encuentros entre individuos. Hay quien descubre en ellos su verdadero yo. En cambio, en la relación entre el yo y el ello, ambos participantes son instrumentalizados y el verdadero yo no puede desplegarse. Para que salga a la luz, es imprescindible adoptar una posición de yo y tú. El ser humano constituye en sí mismo un fin, y no un medio para alcanzarlo. El fin de una relación es la relación misma, el encuentro entre el yo y el tú. Por muy exitosa que pueda parecer una persona, si su vida se rige por las relaciones en el plano del yo y el ello, es prácticamente imposible que sea feliz.

Hace tiempo leí la siguiente historia, que jamás se me ha ido de la cabeza: había una pequeña ciudad dividida en dos por un río, de manera que sus habitantes se veían obligados a atravesar un puente cada vez que querían ir al mercado o a su lugar de trabajo. Con el paso de los años, aquel puente se había hecho viejo y se encontraba ya en ruinas, por lo que un alcalde decidió construir otro más estable tan pronto como salió elegido en las urnas. Para publicitar convenientemente aquella proeza, encargó a uno de sus agentes responsables de velar por el orden público que contara cuántas personas utilizaban cada día el nuevo puente.

El agente solicitó que se le asignara un asistente para que lo ayudara a contar transeúntes. Se le envió a un joven que había regresado, mutilado, de la guerra y que era poco hablador, por lo que parecía perfecto para aquella tarea. Así pues, el agente y su ayudante se colocaron junto al puente, cada uno en una orilla diferente, y contaron a todas las personas, los carros y las bicicletas que lo atravesaban. A mediodía cotejaban sus notas para comprobar si sus cálculos coincidían.

Sistemáticamente, variaban en una persona. A lo largo de un mes, ambos siguieron contando, y cada día el joven presentaba una persona menos en su lista que su superior.

Es cierto que un transeúnte más o menos no iba a modificar sustancialmente el resultado. Sin embargo, el último día, el agente, movido por la curiosidad, preguntó a su ayudante por qué pensaba que existía aquella diferencia.

Entonces él le respondió, con un brillo en la mirada, que la mujer a la que amaba en secreto atravesaba cada mañana el puente de camino al trabajo. Él la quería con todo su corazón, así que se negaba a considerarla como un mero dato estadístico.

EL HOMBRE QUE DIBUJA EL HIMALAYA

Adiós a lo convencional

Conocí a aquel hombre en la cabaña de Nagarkot, un célebre mirador situado cerca de Katmandú desde el que se pueden admirar las más hermosas puestas de sol del Himalaya. Cuando llegué a aquel punto, al amanecer, él estaba junto al barandal, dibujando algo con un estilógrafo en un pequeño cuaderno. Era japonés. Al acercarme, vi que había plasmado sobre el papel la silueta de la montaña al alba.

La imagen no era nada del otro mundo: el trazo no era profesional y las líneas negras sobre el fondo blanco no resultaban especialmente evocadoras. El hombre no me prestó atención: siguió trabajando sin que mi presencia lo alterara. Cada vez que terminaba un dibujo, pasaba inmediatamente a la siguiente hoja y empezaba un nuevo boceto. Cuando al fin el sol se asomó por el horizonte y comenzó a inundar con su luz dorada las laderas cubiertas de nieve, captó a toda prisa ese momento en su cuaderno, mientras todas las demás personas que se habían ido reuniendo en aquel lugar se dedicaban a tomar fotografías o, sencillamente, a suspirar, felices.

Después de contemplar el amanecer, regresé a la cabaña para desayunar. Más tarde, en el vehículo que nos llevó de vuelta a Katmandú, aquel hombre se sentó a mi lado y empezamos a hablar. Conversamos en una mezcla de japonés e inglés. Así me enteré de que venía de Tokio. Allí había encontrado trabajo en una empresa justo cuando acababa de concluir sus estudios universitarios, y siguió en ella hasta que, a la edad de 50 años, presentó su dimisión, sin más. Desde entonces viajaba por todo el mundo con su cámara y sus cuadernos de dibujo. Solo. Había vendido su casa y se había separado de su esposa, a la que había cedido la mitad de su patrimonio antes de dejar el país, sin remordimiento alguno. Hizo hincapié en la palabra *nagorinaku*: sin remordimiento. Explicó que su exmujer llevaba una buena vida: tenía trabajo y novio. Antes de irse, él lo planeó todo y organizó las cosas de la forma más beneficiosa posible para las personas afectadas.

A mi pregunta de qué lo había llevado a actuar así, me respondió con una frase: «No era feliz».

No encajaba ni en su trabajo ni en su empresa, y ni siquiera su mujer era la más adecuada para su carácter. Durante veinticinco años puso en un segundo plano sus propias necesidades para criar a sus hijos y mantener a su familia. Ahora, por fin, quería ser feliz. Decidió dejar atrás todo lo que no significaba nada para él y no perder ni un solo momento de su vida, ya que no sabía cuándo le llegaría su final. Tenía la certeza de que, si desperdiciaba su existencia, estaría cometiendo un pecado contra sí mismo. Quería ver el mundo y dibujarlo. De hecho, era algo que ya le gustaba hacer de niño. Tan solo eso.

Cuando llegamos a Katmandú, nos despedimos agitando las manos y nos deseamos mutuamente «¡mucha suerte!», aunque en realidad desearle algo así a él era innecesario. Ya iba subido sobre la ola de la felicidad. Su sonrisa radiante así lo demostraba. La calidad de sus dibujos daba igual. Era más importante la alegría que sentía al trazarlos, los emocionantes momentos que vivía en su viaje por un mundo desconocido y los instantes en los que sentía toda su vitalidad. Para disfrutar de todo aquello, había dejado atrás una vida segura y había abierto los brazos a la incertidumbre.

Lo que la mayoría de las personas lamenta cuando mira a la muerte de frente es no haber vivido su propia vida. Ningún error pesa más que no emprender un viaje que anhela nuestro corazón. Si nos plegamos a los criterios de los demás y seguimos silenciosamente las expectativas de la sociedad sin cuestionarlas, asfixiaremos las alegrías que nos están esperando.

Un hombre agonizaba. Cuando estaba llegando ya a su final, Dios se acercó a él con una maleta y le anunció: «Hijo mío, es la hora de partir».

—¿Ya? —objetó el hombre, aterrorizado—. ¡Todavía tengo tantas cosas que hacer!

Sin embargo, Dios insistió: «Lo siento, tenemos que irnos ya».

—¿Qué hay en esa maleta? —quiso saber el hombre.

—Todas tus posesiones —respondió Dios.

—¿Mis posesiones? ¿Te refieres a mis objetos, mi ropa, mi dinero y cosas por el estilo?

—No, esas cosas no te pertenecen. Pertenecen a este planeta.

—¿Entonces qué son? ¿Mis recuerdos?

—No, tus recuerdos pertenecen al tiempo.

—¿Mis talentos?

—No, tus talentos pertenecen al mundo en el que has vivido.

—¿Entonces son mis amigos, mis padres y mis hermanos?

—No, hijo mío. Se trata de algo que pertenece a tu viaje.

—Entonces debe de ser mi cuerpo.

—No, en absoluto. Tu cuerpo pertenece a la tierra.

—¡Entonces es mi alma!

Pero Dios volvió a negarlo: «Por desgracia, has olvidado algo fundamental, hijo mío. Tu alma me pertenece».

Con las manos temblorosas, el hombre tomó la maleta que Dios sostenía y la abrió. ¡Estaba vacía!

Entonces sintió un enorme pesar en el corazón y las lágrimas empezaron a correr por sus mejillas. «¿Esto significa que no me queda nada?», preguntó.

—No, jamás has poseído nada.

—¿No hay nada que haya sido nunca mío?

Dios le contestó: «El tiempo durante el que tu corazón latió y cada momento en el que disfrutaste plenamente de tu vida: eso solo te pertenece a ti».

La poeta estadounidense Maya Angelou sostiene que «la vida no se mide por cuántas veces respiramos, sino por cuántos momentos nos han dejado sin respiración». Y la poeta Mary Oliver nos espeta: «Lo único que haces es respirar. ¿A eso le llamas vida?».

¿Cuántos momentos has vivido en los que te ha faltado el aire por amor? ¿Cuántos instantes de recogimiento has conocido en los que la profunda cercanía que has sentido con respecto a ti mismo ha hecho que te olvides de respirar? ¿Cuántas veces, de frente a la vida, te has quedado sin aliento? No hablo necesariamente de acontecimientos trascendentales, sino de esos conmovedores momentos en los que bailamos descalzos bajo la lluvia, contemplamos la luna, llena y roja, desde la playa de alguna isla, alzamos la vista al cielo en plena tormenta de nieve desde una cresta del Himalaya... ¿En qué momentos te sientes pleno?

Necesitas acumular muchas vivencias emocionantes para que tu maleta no esté vacía después de tu muerte. Instantes en los que te sientas profundamente impactado o en los que la vida se alinee con tu corazón: lo que portes dentro de él será lo único que podrás llevarte cuando dejes este mundo.

ÍTACA

El camino que recorres es tu vida

En la *Ilíada*, el poeta griego Homero narra la guerra que enfrentó durante más de diez años a helenos y a troyanos. Su continuación, la *Odisea*, recoge las peligrosas aventuras que vivió el rey griego Odiseo —cuya artimaña del caballo de Troya fue determinante para la victoria— durante su viaje de regreso a su patria, Ítaca. El poeta griego Konstantino P. Kavafis, que versionó la obra de Homero en sus propios versos, lo describe así:

> *Si vas a emprender el viaje hacia Ítaca,*
> *pide que tu camino sea largo,*
> *rico en experiencias, en conocimiento.*
> *A Lestrigones y a Cíclopes,*
> *o al airado Poseidón nunca temas.**

* Seguimos la traducción de José María Álvarez de la obra de Konstantino Kavafis *Poesías completas*, Ediciones Orbis, Barcelona, 1997, pp. 46-47. *(N. de la T.)*.

El viaje de regreso a casa, guiado por los dioses, estaba lleno de dificultades y peligros inesperados. En un puerto que parecía seguro, buena parte de la flota de Odiseo se fue a pique tras el despiadado ataque de los bárbaros lestrigones y muchos de sus hombres perdieron la vida. Un cíclope, esto es, un gigante de un solo ojo, devoró en su cueva a varios compañeros de Odiseo, hasta que este lo dejó ciego y logró escapar recurriendo a una nueva artimaña. Poseidón, el dios de los mares, retrasó el regreso del héroe durante diez años, lanzando contra él olas y tempestades. La reina Circe, que era una maga, sedujo a varios de sus marineros y los transformó en cerdos. En la isla de esta soberana crecían unas enigmáticas flores que proporcionaban felicidad y hacían olvidar cualquier preocupación. Circe las utilizó para que aquellos hombres olvidaran su patria y quisieran quedarse siempre junto a ella...

El verdadero tema de la *Odisea* es el regreso, pero toda la obra gira en torno a la narración de la larga travesía por el mar. Lo que hace a esta historia tan interesante no es la feliz llegada final, sino el camino en sí, con todas sus aventuras, sus dificultades y sus contratiempos. Cómo vivir y superar un viaje: he aquí la materia de los mitos heroicos.

Al igual que Odiseo, todos estamos avanzando por el camino de regreso a casa. La vida es el viaje. Comienza cuando venimos a este mundo y termina el día en que volvemos a nuestro origen. En este maravilloso planeta, tan lleno de vida, nos esperan pruebas y giros del destino que debemos afrontar. En todas partes nos aguardan obstáculos —parecen estar ahí por algún designio divino—, que nos cortan el paso y nos desorientan. Los escollos y los remolinos en el agua hacen la ruta intransitable y frenan nuestro avance.

Pero nosotros no nos rendimos. Y si en algún momento nos vemos obligados a caer, permaneceremos un tiempo de rodillas, pero después nos levantaremos y nos atreveremos a dar el siguiente paso. Corregiremos infinidad de veces nuestro mapa, cambiaremos nuestras rutas y volveremos a perseguir esos sueños que se nos escapan. Pero no debemos rezar por que todo salga siempre bien. Porque hacerlo sería negar la vida. Significaría no afrontar este viaje con todas sus aventuras y experiencias, sino aspirar a permanecer en todo momento en un puerto seguro.

> *No hallarás tales seres en tu ruta*
> *si alto es tu pensamiento y limpia*
> *la emoción de tu espíritu y tu cuerpo.*
> *A Lestrigones y a Cíclopes,*
> *ni al fiero Poseidón hallarás nunca,*
> *si no los llevas dentro de tu alma,*
> *si no es tu alma quien ante ti los pone.*

Poco antes de cumplir 30 años me fui de casa en busca de la verdad. No fue tan fácil como me había imaginado. Creer que, si acudía a este o a aquel maestro espiritual, obtendría respuestas a todas mis preguntas y resolvería así los problemas de mi vida resultó ser un error. Los lugares en los que vivían los maestros se hallaban demasiado lejos y los trenes, con sus interminables retrasos, no me permitían llegar a ninguna parte. Más de una vez pasé la noche en la puerta de los hediondos baños de los vagones de segunda clase.

El noble propósito que me había fijado al principio fue esfumándose lentamente. También a mí me sedujeron y me convirtieron en cerdo. Los dogmas de los que estaba impregnado me cegaron de un ojo. Hubo situaciones en las que yo mismo me transformé en un bárbaro y en un cínico y en las que dejé de creer que existiera una verdad. En medio de las olas y de la tormenta, me alejé del camino y tardé años en recuperarlo. Y todos estos rodeos se debieron a que ni mi espíritu era limpio ni mis pensamientos eran elevados, y a que llevaba toda esta munición en mi alma.

El poema habla de confiar en que nada nos bloqueará el camino si nuestro pensamiento se mantiene por encima de todos los obstáculos y peligros y si evitamos acercarnos a ellos. La vida solo puede ser miserable y servil si nos damos por vencidos.

> *Pide que tu camino sea largo,*
> *que numerosas sean las mañanas de verano*
> *en que con placer, felizmente*
> *arribes a bahías nunca vistas.*

Deseé entonces que mi destino estuviera lo más cerca posible y me propuse alcanzarlo por la vía directa, sin dar rodeos. Creía que llegar a él bastaría para empezar a vivir la vida de verdad. Lo que no sabía es que vivir consiste precisamente en recorrer el camino que conduce a ese destino. No conseguía deleitarme en las bahías en las que recalaba en mi viaje porque estaba demasiado concentrado en el lugar al que quería llegar. No percibí nada de los enigmáticos rincones que se escondían tras aquellas bahías. Recibí con indiferencia muchas mañanas de verano.

Sin embargo, el viaje me enseñó a concebir la vida como una odisea y a ver el proceso de la travesía como el verdadero aliciente. Los destinos que había elegido solo me sirvieron como una especie de armazón para las vivencias que acumulé de camino a ellos. Los relatos de mis viajes están repletos de este tipo de historias y experiencias. Si lo que queremos es alcanzar el destino directamente con un avión o un tren de alta velocidad, simplemente para quitarnos de encima todas las contrariedades y los obstáculos, entonces dará lo mismo que nos quedemos en casa. Evitar las animadas calles de los mercados, esquivar todo lo desconocido y seguir ciegamente a un guía turístico no es viajar.

Deseemos, pues, que nuestro camino sea tan largo como resulte posible. No desbaratemos los maravillosos planes de viaje que Dios ha dispuesto para nosotros. Vivamos en nuestra travesía multitud de aventuras, pruebas y momentos grandiosos y descubramos en cada rincón historias que poder contar más adelante. Si no experimentamos todos estos episodios tan emocionantes, al final de nuestra vida lo que tendremos no será una apasionante memoria de la travesía, sino una fría guía de viajes.

> *Detente en los emporios de Fenicia*
> *y adquiere hermosas mercancías,*
> *madreperla y coral, y ámbar y ébano,*
> *perfumes deliciosos y diversos,*
> *cuando puedas invierte en voluptuosos y delicados*
>   *[perfumes,*
> *visita muchas ciudades de Egipto*
> *y con avidez aprende de sus sabios.*

En una famosa perfumería de Lucknow, en el norte de la India, compré en cierta ocasión un frasco de perfume de almizcle. Un aroma tan voluptuoso tiene un elevado precio. Sin embargo, durante el viaje, el tapón del envase, que no estaba bien ajustado, se soltó y todo lo que llevaba en la mochila quedó empapado. En Norteamérica me sentí fascinado por las flautas de los nativos. Las lámparas que adquirí en las aldeas remotas de Nepal bañan de vez en cuando con su tenue luz las noches serenas.

¡No retrocedas ante la aventura! No intentes que los demás te resuelvan tus dificultades: enfréntate a ellas tú mismo. La vida es algo más que una sucesión de problemas que tenemos que apartar de nuestro camino: también está llena de enigmas que podemos descifrar. Lo que nos mueve a vivir con la mayor intensidad posible y más allá de cualquier regla o norma es el destino en sí. El conocimiento solo nace de la experiencia. No es una entelequia. El poeta indio Kabir aconseja que, durante el tiempo que se nos ha concedido, acojamos a multitud de personas, nos lancemos a la vida y aspiremos a comprender la existencia.

Dios ha creado muchos mercados para nosotros. Recórrelos, adquiere sus hermosas mercancías, percibe las sensaciones con todos tus sentidos. Y no olvides que, después de estas compras, deberás acudir a los sabios y aprender de ellos.

Ten siempre a Ítaca en la memoria.
Llegar allí es tu meta.
Mas no apresures el viaje.
Mejor que se extienda largos años;
y en tu vejez arribes a la isla
con cuanto hayas ganado en el camino
sin esperar que Ítaca te enriquezca.

Cuando leí la *Odisea* por primera vez, comprobé con sorpresa que su protagonista no aspiraba a una utopía, sino que emprendía su peligrosa aventura simplemente para regresar a su patria. ¿Acaso los seres humanos no estamos destinados a irnos de casa para buscar un nuevo lugar? ¿No ha sido esa la premisa conforme a la que han vivido tantos exploradores y pioneros? ¿Por qué Odiseo tendría que correr todos esos riesgos simplemente para volver a su hogar?

A lo largo de la vida he ido comprendiendo poco a poco que, vaya adonde vaya, en realidad siempre estoy en el camino de regreso a casa; que todos nosotros viajamos para llegar a nuestra patria. El largo y extenso viaje a casa: ese es el camino en el que encontramos la verdad y la autorrealización.

Por eso debemos desear que nuestro deambular, tan lleno de privaciones, no termine demasiado pronto. Cuanto más se extienda, más verdadero y concluyente será el conocimiento que adquiramos acerca de nosotros mismos. Es mejor que lleguemos a nuestro destino en nuestra vejez, porque solo nos volvemos sabios a medida que pasan los años. El mayor regalo que puede hacernos la meta a la que aspiramos es el camino que recorremos hasta llegar a ella y la manera en la que crecemos a lo largo de ese proceso. Los maravillosos corales, madreperlas y perfumes que descubrimos durante el viaje no son el destino de nuestra travesía.

Quien viaja con curiosidad y sed de aventuras no se obceca con el destino: en el camino se siente pleno. Quien lucha en esta vida sin sentir remordimiento ya ha alcanzado la felicidad completa, y tampoco le importa lo más mínimo si en ese camino amplía o no sus conocimientos.

> *Ítaca te regaló un hermoso viaje.*
> *Sin ella el camino no hubieras emprendido.*
> *Mas ninguna otra cosa puede darte.*

Odiseo supera todos los peligros y, diez años más tarde, regresa a su ciudad natal, en la que lo están esperando su mujer y su hijo. El suyo fue un viaje plagado de fabulosas e impresionantes aventuras. Si no hubiera existido esa ciudad natal, ese destino, jamás habría emprendido la travesía. Y solo descubrimos en qué consiste el «destino» cuando llegamos a él.

En la *Odisea* se describe, de forma épica, un proceso de conocimiento que transcurre desde la juventud hasta la vejez. Cada uno de nosotros es un Odiseo que lucha a lo largo de su vida por ampliar sus conocimientos, pero no a través de los libros o las enseñanzas espirituales.

Ahora que he dejado atrás mi juventud sé que es la propia vida la que me ha iluminado, aunque también estoy seguro de que siempre encontraré a nuevos maestros. En los inicios de mi carrera como escritor me impulsaban algunas preguntas existenciales que me han convertido en quien soy ahora. Los viajes en busca de respuestas transformaron mi vida en algo especial. La perspectiva de encontrar esas respuestas puede ser ilusoria, pero sin ella no me habría puesto en marcha, no habría visto nada del mundo ni habría recalado en puertos en los que conocí a bailarines, a sabios y a mercaderes.

Por eso, lo que convierte un viaje en un camino de reflexión sobre uno mismo no es el destino, por hermoso que sea, sino más bien todas las vivencias especiales que se van acumulando durante la travesía: recorrer escarpadas cadenas montañosas, soportar el sol, la nieve, la lluvia y el frío y, en ocasiones, dar un largo rodeo y pernoctar una y otra vez en albergues.

Aunque pobre la encuentres, no te engañara Ítaca.
Rico en saber y en vida, como has vuelto,
comprendes ya qué significan las Ítacas.

Cuando viajamos a lugares famosos, a veces nos sentimos decepcionados a nuestra llegada. Si los comparamos con el halo de prestigio que los rodea, parecen miserables. Sin embargo, son ellos los que nos han puesto en camino y, de ese modo, nos han regalado un maravilloso viaje. Así pues, no nos han engañado. Por insignificantes o grandiosos que sean, solo tienen un objetivo: incitarnos a partir, ponernos en movimiento y animarnos a acumular experiencias y saberes. Ese es el verdadero objetivo oculto de todo destino.

Si deseamos una casa y alguien llega de repente y nos la compra, durante mucho tiempo esa casa no será un verdadero hogar. Una vivienda que simplemente nos corresponde por suerte y que hemos conseguido sin esfuerzo, sin errores, sin problemas y sin experiencias de ningún tipo a la hora de construirla no nos pertenece realmente. Es como si estuviera hecha de arena. Pronto la perderemos.

Si estamos en busca de la verdad y alguien nos la sirve en bandeja de plata, no se tratará de nuestra verdad, sino de un mero simulacro, porque no la hemos experimentado en carne propia. «Viajar se refiere en realidad al proceso por el que se llega a algún sitio. Tan pronto como se ha alcanzado el destino, el viaje ha terminado. Sin embargo, hoy en día la gente intenta empezar el viaje en el lugar de destino», escribe el autor Hugo Verlomme.

Vivir es siempre, en cierto modo, una odisea. Corresponde a cada quien completar la epopeya. Ojalá que el camino que recorremos sea nuestro viaje personal hacia Ítaca. Caernos mientras caminamos y levantarnos de nuevo es el proceso de nuestro peregrinar.

¿Cómo es tu Ítaca? ¿Hacia dónde caminas en este momento? ¿Estás atrapado en la cueva del cíclope? ¿Un mar embravecido por la furia de algún dios de las aguas amenaza con ahogarte? ¿O quizá estás comprando una exótica mercancía en un mercado fenicio? ¿Tienes claro que Ítaca es el viaje en sí mismo, y no el destino? Si es así, estás en el buen camino.

FUENTES

Brahm, Ajahn, *Who Ordered This Truckload of Dung?*, Wisdom Publications, Somerville, 2005.

Buber, Martin, *Yo y tú*, traducción de Carlos Díaz, Herder Editorial, Barcelona, 2017.

Cohen, Andrea Joy, *A Blessing in Disguise: 39 Life Lessons from Today's Greatest Teachers*, Berkley Books, Nueva York, 2008.

Corbett, Jim, *Jungle Lore*, Oxford University Press, Londres, 1953.

Chödrön, Pema, *Cuando todo se derrumba: palabras sabias para momentos difíciles*, traducción de Miguel Iribarren, Shambhala Español, Boston, 2012.

Giono, Jean, *El hombre que plantaba árboles*, traducción de Manuel Pereira, Círculo de Lectores, Barcelona, 2000.

Harvey, Andrew, *Hidden Journey: A Spiritual Awakening*, Henry Holt & Co, Nueva York, 1991.

Hemingway, Ernest, *Muerte en la tarde*, traducción de Lola de Aguado, Debolsillo, edición digital, 2020.

Kavafis, Konstantino P., *Poesías completas*, traducción de José María Álvarez, Orbis, Barcelona, 1997.

Kübler-Ross, Elisabeth, y Kessler, David, *Lecciones de vida*, traducción de Blanca Ávalos, Luciérnaga, Barcelona, 2001.

Kurtz, Ernest, y Ketcham, Katherine, *The Spirituality of Imperfection: Storytelling and the Search for Meaning*, Bantan, Nueva York, 1993.

Macy, Joanna, *El mundo como amor, el mundo como uno mismo*, Uriel Satori, Buenos Aires, 2008.

Neruda, Pablo, *Confieso que he vivido: memorias*, Planeta, Barcelona, 1999.

Remen, Rachel Naomi, *My Grandfather's Blessings, Stories of Strength, Refuge, and Belonging*, Riverhead Books, Nueva York, 2001.

Rimpoché, Patrul, *Las palabras de mi maestro perfecto*, traducción de Grupo de Traducción Padmakara, Kairós, Barcelona, 2023.

Rimpoché, Sogyal, *Destellos de sabiduría*, traducción de Jordi Mustieles, Urano, Madrid, 1996.

Thoreau, Henry David, *Walden*, traducción de Marcos Nava García, Errata Naturae, Madrid, 2013.

Tolkien, J. R. R., «Hoja, de Niggle», en *Egidio, el granjero de Ham. Hoja, de Niggle. El herrero de Wootton Mayor*, Minotauro, Barcelona, 1982.

Tolle, Eckhart, *Un nuevo mundo, ahora*, traducción de Juan Manuel Ibeas Delgado, Debolsillo, Barcelona, 2007.

Tournier, Michel, *Celebraciones*, traducción de Luis María Todó, Acantilado, Barcelona, 2002.

White, Edmund, *Marcel Proust. A Life*, Viking, Londres, 1999.

Yi Chong-jun, *Somunui byeok*, 1972.

Los pájaros nunca miran atrás mientras vuelan ha sido
posible gracias al trabajo de su autor, Shiva Ryu,
así como de la traductora Lara Cortés,
la correctora Teresa Lozano, el diseñador José Ruiz-Zarco,
el equipo de Realización Planeta, la directora editorial
Marcela Serras, la editora ejecutiva Rocío Carmona,
la editora Ana Marhuenda, y el equipo comercial,
de comunicación y marketing de Diana.

En Diana hacemos libros que fomentan
el autoconocimiento e inspiran a los lectores
en su propósito de vida. Si esta lectura te gustó,
te invitamos a que la recomiendes y que así,
entre todos, contribuyamos a seguir expandiendo
la conciencia.